कहानियों के दस्तख़त

(कहानी-संग्रह)

कहानियों के दस्तख़त

गौरव कुमार निगम

हिन्द युग्म

ISBN : 978-81-951063-5-6

प्रकाशक:
हिंद युग्म
सी-31, सेक्टर-20, नोएडा (उ.प्र.)-201301
फ़ोन- +91-120-4374046

मुद्रक : श्री मैत्रे प्रिंटेक प्रा. लि., ए-84, सेक्टर-2, नोएडा
कला-निर्देशन : विजेन्द्र एस विज

पहला संस्करण : 2021
मूल्य : ₹150

Kahaniyon Ke Dastkhat
A collection of short stories by *Gaurav Kumar Nigam*

Published By
Hind Yugm
C-31, Sector-20, Noida (UP)-201301
Phone- +91-120-4374046
Email : sampadak@hindyugm.com
Website : www.hindyugm.com

First Edition : 2021
Price : ₹150

परिवार, मित्रों और गुरुओं को!

लेखकीय

प्रिय मित्र,

सर्वप्रथम मैं, गौरव कुमार निगम, आपको इस पुस्तक पर अपना अमूल्य समय ख़र्च करने का चुनाव करने के लिए धन्यवाद देता हूँ, साथ ही 'हिंद युग्म प्रकाशन' के संपादक और प्रकाशन मंडल को भी धन्यवाद देता हूँ जिन्होंने इस पुस्तक को आप तक इस सुंदर कलेवर में पहुँचाने के लिए चुना।

सतत, सतर्क चुनाव अर्थपूर्ण जीवन की एक नैसर्गिक प्रक्रिया है और चुनने की यह प्रक्रिया ही इस कहानी संग्रह में मौजूद कहानियों का सार है।

इस कहानी संग्रह में मौजूद कहानियों में से कुछ पूरी तरह कल्पना पर आधारित हैं और कुछ, जैसे हिंदी भाषा संस्थान, उत्तर प्रदेश द्वारा पुरस्कृत-'पतंग और पूरियाँ', सच की हद छूकर तैयार हुई हैं।

पढ़ने वाला सुधी पाठक किस कहानी को सच का हिस्सा माने और किसे लेखक की कल्पना मात्र, यह चुनाव मैं पढ़ने वाले के विवेक पर छोड़ता हूँ।

बतौर लेखक मुझे यह यक़ीन और आपको आश्वासन है कि यह किताब उम्दा कहानियों का चाव रखने वाले दोस्तों की उँगली पकड़कर कहानियों के उस सुनहरे दौर में ले जाएँगी जब कहानियाँ पढ़ी नहीं जाती थीं, जी जाती थीं।

ये वो कहानियाँ हैं, कल्पनाएँ हैं, जो इंसान के दिल की बंद खिड़की के मुँडेर पर छूटकर बिसर गई होती हैं।

ये वो कहानियाँ हैं जिनमें अँगीठी पर पकी चाय-सी अपनी इक ख़ास लज़्ज़त होती है।

ये वो सत्रह कहानियाँ हैं, जिनका मिज़ाज एक-दूसरे से अलहदा है।

इन कहानियों के मिज़ाज को देखते हुए इस किताब का जो नाम शीर्षक के रूप में चुना गया, वो था 'कहानियों के दस्तख़त', क्योंकि हर एक कहानी वक़्त के पन्नों पर दस्तख़त सरीखी ही होती है।

कहानियाँ अच्छी, बुरी कैसी भी हों, अमिट होती हैं।

इस किताब को लिखने और आप तक पहुँचाने में जितनी मेहनत मेरी लगी है, उससे कहीं अधिक मेहनत मेरे मेहरबान दोस्तों और शुभचिंतकों की लगी है।

आख़िरकार कोई भी शुभ कार्य मित्रों और शुभचिंतकों के सहयोग के बिना कहाँ संपन्न हो पाता है!

कल्पनाओं को कहानियों के रूप में तब्दील करने का काम भले ही मेरा रहा हो लेकिन उन कहानियों को पुस्तकाकार रूप में आपके पास तक पहुँचने के पीछे कई हाथों का सहयोग है।

यह पुस्तक आप तक कभी न पहुँच पाती अगर हिंदी, अंग्रेज़ी और संस्कृत भाषा के विश्व साहित्य की किताबों के अपने वृहद् कोष से चुनकर मेरे प्रधानाचार्य पिता श्री केशव प्रसाद निगम ने मुझे बचपन में हर रात, सोते वक़्त, एक नई कहानी न सुनाई होती जिसकी वजह से कहानियों के दिलचस्प संसार में मेरी रुचि जगी, कहानी कहने के क्राफ़्ट के बारे में मेरी बुनियादी समझ बनी।

मेरी माँ, श्रीमती आशा रानी निगम ने मेरे बचपन के झूठे-सच्चे कहानीनुमा अनोखे बहानों को सच मानकर उन पर यक़ीन न किया होता तो मुझे यह सलीक़ा ना आता कि असल में वही कहानियाँ उम्दा होती हैं, जो कल्पना होने के बावजूद सच लगती हैं।

अगर नेहा श्रीवास्तवा, राहुल शर्मा, अनूप, दीप्ति चड्ढा, दीपक गोस्वामी, सिद्धार्थ अरोरा 'सहर', वेंकटेश यमलावरकर, शरद श्रीवास्तव, विशी सिन्हा, मुबारक अली, सुशील आनंद, विवेककांत मिश्रा, निधि श्रीवास्तव, राघवेंद्र सिंह, निकिता अग्रवाल, उत्तम सिंह, मंजीत ठाकुर, विवेक कुमार सिंह, पारुल खरे जैसे शुभचिंतकों और दोस्तों ने समय-समय पर पूर्व-प्रकाशित कहानियों पर विशेष प्रोत्साहन देकर, ग़लतियों की ओर ध्यान खींचकर बेहतर, और बेहतर लिखने के लिए प्रेरणा न दी होती तो इन कहानियों का अपने इस मौजूदा

स्वरूप में आना मुमकिन नहीं था।

बड़े भाई जैसी ज़िम्मेदारी से सतत मार्गदर्शन करने वाले श्री शांतनु शुक्ला के मार्गदर्शन के लिए विशेष आभार।

यह इन्हीं मेहरबान लोगों के प्रोत्साहन का ही परिणाम है जो आज ये कहानियाँ पुस्तकाकार रूप में आपके सामने हैं... और, दिलचस्प बात यह है कि इनमें से कुछ से मैं आज की तारीख़ तक मिला भी नहीं हूँ।

विशेष धन्यवाद मेरी प्रिय बहन निशा और छोटे भाई सौरभ कुमार निगम का है जिन्होंने हमेशा, हर नये प्रोजेक्ट में निःसंकोच संबल बनकर मेरे साथ खड़े रहना ही चुना।

इस पुस्तक की कहानियों ने आपको कितना मुतमइन किया, निवेदन है कि इस बारे में अपनी राय मुझे authorgauravnigam@gmail.com पर भेजकर ज़रूर बताएँ।

आपकी तारीफ़ या आलोचना, जिसकी भी यह पुस्तक हक़दार बनेगी, मेरे सिर माथे रहेगी।

सुखद पाठन की शुभकामनाओं के साथ!

– गौरव कुमार निगम

कहानी-क्रम

विषधर

सावन की काली रात ख़त्म होने में अभी ज़रा देर थी।

दो दिनों से लगातार हो रही बारिश फ़िलहाल थम गई थी, मगर काले बादलों ने अभी तक आसमान से अपना फन नहीं समेटा था।

क़स्बे की आबादी से थोड़ी दूर बनी हुई अपनी जर्जर झोपड़ी में खाट पर पड़े-पड़े ही मंगल ने आने वाले वक़्त के इंतज़ार से उकताकर अपने तकिए के नीचे से मैली-कुचैली-सी थैली निकाली और अँधेरे में ही टटोलकर फिर से एक नई बीड़ी सुलगा ली।

"पता नहीं कब तक ख़बर आएगी, अब तक तो काम हो ही जाना चाहिए था।" मंगल ने सुस्ती से बीड़ी का धुआँ अपने खोखले हो चुके बूढ़े सीने में सोखते हुए सोचा, "रोज़ कुआँ खोदकर ज़िंदा रहने वालों के लिए बरखा का मौसम भी कितना ज़ालिम होता है। ग़ज़ब इंतज़ाम है ऊपरवाले का, जब पेट में दाने ना हों तो कहीं कोई काम भी तो नहीं मिलता जिससे कि ज़िंदा रहने के लिए इतना दंद-फंद ना करना पड़े। एक अमीरी, सौ सुख... ना घर की छत चूने की फ़िक्र, ना महीने के तीसों दिन खाने के लाले।"

बाहर किसी गाड़ी के रुकने की आवाज़ आई।

"अरे मंगल, सो रहे हो क्या अभी तक?" बाहर से ही किसी ने ऊँची आवाज़ में पुकार लगाई तो मंगल की तंद्रा टूटी।

मंगल पर्दा हटाकर अपनी झोपड़ी से बाहर निकला। झोपड़ी के सामने एक पैंतीस-चालीस साल की उम्र का आदमी मुर्दनी सूरत लिए अपनी मोटरसाइकिल पर बैठा था।

मंगल उसको जानता था।

सारा जवार ही उसे पीली कोठी वाले लालाजी के हरकारे के रूप में जानता था जिसको लाला की दुकान में चपरासीगीरी करने, लाला के दिए क़र्ज़ों की वसूली के लिए लोगों को घुड़की, धमकी देने के अलावा लाला की घर-गृहस्थी के बाक़ी काम करने से भी कोई गुरेज़ न था।

"धन्य भाग हमारे जो आप पधारे! क्या बात है? आज सुबह-सुबह मुझ ग़रीब की कुटिया पर कैसे आना हुआ?" मंगल ने प्रत्यक्ष में हाथ जोड़ते हुए लेकिन स्वर से उपेक्षा दिखाते हुए कुछ व्यंग्य से पूछा।

"ज़रा जल्दी से अपना सारा सामान उठाओ और साथ चलो मंगल भाई, घर में कीड़ा निकला है, बताते हैं कि बड़ा ख़तरनाक दिखता है सूरत से।" हरकारे ने अपने आने की वजह फ़ौरन बयान की, "घर में कोहराम मचा है।"

"कीड़ा?" मंगल ने बीड़ी का कश लेते हुए पूछा।

"अरे सपेरे होकर कीड़ा नहीं समझते! साँप निकला है। ये..." हरकारे ने दोनों हाथ फैलाकर विषधर की लंबाई जताने का प्रयत्न किया, "चार हाथ लंबा और विकट काला।"

"किसके घर में? तुम्हारे या लाला के?" मंगल ने उत्सुकता दिखाते हुए पूछा।

"लालाजी के घर में।"

"लालाजी चाँदी के सिक्के फेंककर साँप भगाने का मंतर नहीं जानते क्या?" हरकारे का जवाब सुनते ही मंगल की आवाज़ में बसी उत्सुकता की जगह वापस उपेक्षा ने ले ली।

"कैसी बात करते हो मंगल!" हरकारे को मंगल को साथ लेकर लौटने की बहुत जल्दी थी इसीलिए उसकी उपेक्षापूर्ण स्वर को सुनकर भी उस पर ध्यान न दिया, "जरा जल्दी चलो। तुम तो जानते ही हो कि यहाँ आस-पास ऐसा कोई और नहीं है जो काल को अपनी कलाई पर बाँध सके। तुम्हारी बहुत ज़रूरत आन पड़ी है भैया वहाँ।"

कोई और वक़्त होता तो यही हरकारा मंगल को लालाजी के सामने पहुँचने में इतनी देर करने की जुर्रत करते देख पहले मंगल को उसी के घर के सामने ज़मीन पर गिराकर मारता और फिर गर्दन से पकड़कर अब तक

लालाजी के सामने पेश भी कर चुका होता, लेकिन आज समय का फेर उल्टा था।

आज सामर्थ्य अपने स्वार्थ में मंगल के सामने याचक भाव से विनयवत खड़ा था।

"अजी हाँ, अभी पिछले साल की ही तो बात है। ऐसी ही कड़क बरखा का मौसम था जब मैंने लालाजी से विनती करते हुए कहा था कि ज़रा दो दिन का राशन उधार दे दें, लेकिन तब तो साहब साफ़ इनकार कर गए। आज विषधर ने दर्शन दे दिए तो मेरी याद आई। मैं तो नहीं जाता उनके द्वारे, जाओ, किसी दूसरे साँप पकड़ने वाले को ढूँढो।" मंगल ने तुनककर अपना पोपला-सा मुँह बिचकाया और धृष्टता से जवाब दिया।

"अरे कुछ तो विद्या का भी धरम होता है मंगल, भला वैद्य और सपेरे भी किसी को न कहते हैं! हठ न करो इस समय। एक-एक पल बहुत क़ीमती है।" हरकारे ने अपने मालिक के हक़ में सामने खड़े दिख रहे संकटमोचक से अपील की।

आख़िर, अपने मालिक के सौ गुनाहों का गवाह होने के बाद मालिक को हर तरफ़ से मिलने वाले अपयश से येन-केन-प्रकारेण बचाने की कोशिश करना भी अपने नमक का क़र्ज़ चुकाने का एक तरीक़ा होता है।

"अजी धरम का सारा कारोबार हमीं से चलता है क्या? लालाजी को तो तब अपना कोई धरम न सूझा कि लाओ गोदाम से निकालकर ज़रा ग़रीब को दो-चार दाने उधार दे दें। दो दिन की जगह तीन दिन भूखे सो गए तो हम क्या मर गए? नहीं! लेकिन उस वक़्त लालाजी को चाँदी के सिक्कों की चमक के आगे ग़रीब का पेट कहाँ दिखता होगा! ग़रीब का पेट भरना क्या कोई धरम का काम नहीं है?" मंगल का बड़बड़ाना जारी था।

"अरे भलेमानस! ज़रा होश की दवा करो। इतना ख़तरनाक कीड़ा है, ये ज़िंदगी और मौत का मसला है। तुम जानते हो कि तुम किसी की ज़िंदगी बचा सकते हो लेकिन अगर जान-बूझकर अपने धरम से भागोगे और बाद में कहीं किसी के साथ कोई ऊँच-नीच हो गई तो क्या उस मौत के पाप के तुम भी भागीदार न बनोगे!" हरकारे ने फिर से मनुहार की।

"और जो मैं दो दिन में बिना खाना-खुराकी के मर जाता तो क्या लालाजी

मेरी मौत का पाप लेते अपने सिर पर? या तुम आते मेरी बुढ़िया को दो जून की रोटी देने?" मंगल ने तल्ख़ी से पूछा।

हरकारा चुप रह गया।

"बोलो, बोलते क्यों नहीं अब!" मंगल ने और कड़ककर पूछा।

"देखो भाई, हम तुम दोनों एक समाना। जो कष्ट तुम्हारा है, वही कष्ट हमारा भी है। लेकिन अभी के लिए ईश्वर के वास्ते चलो तो सही। तुम्हारे दिल में लाला के लिए ख़लिश है लेकिन ज़रा दो पल ठहरकर लाला के बीवी बच्चों के बारे में भी तो सोचो। छोटे-छोटे बच्चे हैं उस घर में, कुछ हो गया तो क्या मुँह दिखाओगे अपनी विद्या को! मरने के बाद खड़े हो पाओगे भगवान के दरबार में सिर उठाकर? जानकर अपयश की मुरझाई माला अपने गले क्यों डालना चाहते हो?" हरकारे ने शब्दजाल फेंका।

मंगल का तना हुआ बूढ़ा शरीर कुछ ढीला पड़ा।

"लालाजी तो चलो मान लिया कि बेकार आदमी हैं, लेकिन तुम क्या अपनी विद्या की बेक़द्री नहीं कर रहे? अगर कोई अपने धरम से चला जाए तो क्या तुम भी उसी के पीछे लग लोगे? मैं तो जाता हूँ लेकिन अगर कोई अनहोनी हुई और तब, जब इलाक़े का हर मानुष पूछेगा कि ये अनर्थ कैसे हुआ तो मैं ये नहीं कहूँगा कि उस पर किसी विषधर की छाया पड़ी, बल्कि कहूँगा कि उसे तो किसी के वक़्ती गुस्से ने लील लिया।"

हरकारे ने वापस लौटने के संकेत के तौर पर अपनी मोटरसाइकिल को किक मारी। मंगल ने दौड़कर मोटरसाइकिल का हैंडल पकड़ लिया। पहले से ही गतिहीन मोटरसाइकिल बंद पड़ गई।

"जो कहा वो माफ़ करो। बस एक पल के लिए रुको ज़रा।" मंगल ने क्षमा के शब्द बोले और झोपड़ी की तरफ़ मुँह करके चिल्लाया, "अरी बुढ़िया! मेरा झोला दे दे जल्दी। क्रोध में मेरी मत मारी गई थी जो बच्चों का ख़याल ना आया। आज तो बड़ा पाप हो जाता मुझसे। अनहोनी को जग में घटने से कौन रोक पाया है लेकिन जो रोक सकता है उसका फ़र्ज़ है कि उसे रोकने की कम-से-कम कोशिश तो करे। आगे तो भगवान बैठा है, सबका हाल देखने के लिए।"

अपने-आप से ही बड़बड़ाते हुए मंगल को मोटरसाइकिल पर पीछे

बैठाकर, हरकारे ने मोटरसाइकिल को तेज़ी से वापस लालाजी के घर की ओर दौड़ा दिया। कीचड़, गड्ढों वाले रास्ते पर बचते-बचाते सरपट दौड़ती मोटरसाइकिल के साथ मंगल और हरकारा पीली कोठी पहुँचे।

बादल अभी भी आसमान में चढ़े हुए थे इसलिए आसमान में स्वाभाविक, सुहानी धूप की जगह घुटी हुई कालिमा ने वातावरण में अपना अधिपत्य क़ायम रखा था। पीली कोठी के आगे तमाशाइयों का छोटा-सा जमावड़ा लगा था।

"मंगल आ गया।" हरकारे ने मोटरसाइकिल रोकने से भी पहले ही ऊँची आवाज़ लगाकर मंगल के आने की ख़बर पीली कोठी की ड्योढ़ी के पार पहुँचा दी।

समाज को अपनी भृकुटी के इशारे पर डोलायमान कर देने की क्षमता रखने वाले लालाजी अपने हरकारे की आवाज़ सुनकर बदहवास-से लपकते हुए तुरंत बाहर आए और मंगल की बाँह पकड़कर स्वयं अंदर ले जाने लगे।

संसार को जीतने वाले भी परिवार की परिधि में हार जाते हैं।

"कहाँ रह गए थे भैया? हमारी तो जान सूख गई थी। ये भारी काला विषधर बताते हैं कि क्या बताएँ! हम तो हाथ-के-हाथ उसे मरवा देते लेकिन पंकज की अम्मा हाथ रोक लीं कि सावन के महीने में नाग को नहीं मारा जाता। अब तुम्हीं बताओ भैया, अपनी जान देखें या जहान का रिवाज देखें?" लालाजी बोलते-बोलते मंगल को खुले हुए दालान के अंदर ले आए जहाँ एक तरफ़ लालाजी की बीवी और इकलौता लड़का सिकुड़कर डरी हुई गाय की तरह खड़े थे।

आसमान से एक बूँद जैसे मंगल की अगवानी के लिए उसकी नाक पर टपकी।

इलाक़े के सब तमाशबीन लालाजी के घर की दालान से बाहर ही खड़े थे, जैसे वो विषधर कई फन वाला अजगर हो और अंदर क़दम रखने पर सबको एक साथ ही निगल जाने की क्षमता रखता हो।

"खोजो।" लालाजी ने मंगल से ऐसे विनीत भाव से मिन्नत की, जैसे कोई रोगी किसी प्राणघातक रोग की चपेट में आकर बिस्तर पर गिरने के बाद किसी वैद्य, किसी फ़क़ीर से करता है।

"खोजें! किधर गया है, क्या कुछ पता नहीं है?" मंगल ने गर्दन उचकाकर

इधर-उधर देखते हुए पूछा।

काल की तरह विषधर के भी पैर कहाँ होते हैं जो उसके निशान दिखते!

"वो क्या है कि पंकज की अम्मा उसे देखते ही हमको बुलाने के लिए भागी-भागी आईं। जब तक हम दौड़कर आते तब तक वो अगले कमरे में घुस चुका था। हमें तो दरवाज़े के नीचे से जाते हुए सिर्फ़ उसकी आधी पूँछ ही दिखाई दी थी। हम तो तभी बल्लम लेकर मार देते लेकिन पंकज की अम्मा ने हमारा हाथ रोक लिया कि सावन के महीने में नहीं मारना चाहिए। अब तो ये भी पता नहीं कि वो इतनी देर में उसी कमरे में है या उसके आगे वाले कमरों में रेंग गया है।" लाला ने अपने कंधे उचकाते हुए जवाब दिया।

तमाशाइयों की भीड़ अब तक धीरे-धीरे दालान से आगे बढ़कर आगे वाले कमरे की चौखट से लगकर खड़ी हो गई थी। दो-तीन तो कमरे के अंदर तक चले आए थे।

"कोई बात नहीं लालाजी, अब तो हम आ गए हैं। भगवान ने चाहा तो अपने साथ ही लेकर वापस जाएँगे। ज़रा एक ख़ाली बोरा, रस्सी और सरसों के दाने मँगा दीजिए।" मंगल के कहने भर की देर थी कि हाथ-के-हाथ तमाशाइयों में से किसी ने अपने घर से तीनों चीज़ें लाकर मंगल के सामने रख दीं।

मंगल ने अपना झोला ज़मीन पर रखा और उसमें से एक पिटारी को निकालकर अलग रखा और फिर झोले से एक टेढ़ी-मेढ़ी-सी काली लकड़ी निकालकर हवा में गोल-गोल घुमाने लगा, हवा में नाक उठाकर कुछ सूँघने का उपक्रम करने लगा, मुट्ठी में भरी हुई सरसों में फूँक मार-मारकर कमरे में इधर-उधर फेंकने लगा।

अभी कुछ देर पहले तक इसी कमरे में कोई डर के कारण क़दम धरने को तैयार ना था, पर अब मंगल के आने के बाद तमाशाइयों की भीड़ धीरे-धीरे कमरे में उसके पीछे इकट्ठा होने लगी थी, जैसे कोई बात हुई भी तो मंगल अकेले ही काल को भी रोक सकता था।

"भागो यहाँ से सब जने, तमाशा नहीं है, विषधर है। छू लिया तो लहर नहीं आएगी।" मंगल ने अपने पीछे इकट्ठा होती भीड़ को देख उन्हें डपटकर कमरे से बाहर निकल जाने का आदेश दिया।

तमाशाई कमरे से निकले, और कमरे की चौखट से चिपककर खड़े हो गए।

वो विषधर के पकड़े जाते हुए देखने का लोभ संवरण नहीं कर पा रहे थे।

इंसान के लिए एक इंसानी ज़िंदगी को जान-बूझकर ख़तरे में डूबते हुए देखने का भी अपना ही अलग दर्शन होता है। ख़ुद की ज़िंदगी ख़तरे में हो तो डर से थर-थर काँपता है, दूसरे की ज़िंदगी ख़तरे में जाते हुए देखता है तो रोमांच से भर उठता है।

"अरे भगवान!" अचानक ही मंगल ने काली लकड़ी एक तरफ़ फेंकी और दोनों हाथ उठाकर आसमान की तरफ़ देखते हुए चिल्लाया। तमाशाइयों की भीड़ में से कुछ अनायास ही पीछे हट गए।

"क्या हुआ? कुछ अंदाज़ा हुआ क्या?" लाला ने व्यग्र भाव से मंगल से पूछा।

"आज तो साक्षात काल ही ने आपने यहाँ डेरा डाल लिया है। हवा को सूँघो लालाजी, स्वयं नागराज पधारे हैं आज आपके यहाँ।" मंगल ने एक क्षण की चुप्पी के बाद जवाब दिया।

वह होंठों में ही कुछ बुदबुदाता जा रहा था और सरसों के दानों को इधर-उधर छितराता जा रहा था।

"झूठ बोलूँ तो ज़ुबान जल जाए लेकिन सत्य तो यही है लालाजी कि आज का दिन कठिन है। अगर नागराज चाहेंगे तो ही दिखाई देंगे, कृपा हुई तो ही पिटारी में आएँगे महाराज।" मंगल ने अपनी तरफ़ से स्थिति को लालाजी के सामने स्पष्ट कर दिया।

"मैं मुँहमाँगी रक़म दूँगा।" लालाजी ने मंगल को क़दम थामते देखकर पैसे का लालच फेंका।

अमीर होने का यही तो लाभ होता है, आदमी दूसरों के जान की क़ीमत अपनी जान से कम ही आँकता है और समझता है कि वक़्त पड़ने पर वो दूसरों के ज़मीर के साथ-साथ जान भी ख़रीद सकता है।

"पैसे का लालच नहीं है सेठ जी, मैं तो मालकिन और बाबू का सोचकर चला आया। नागराज दर्शन दे दें तो मैं अभी उन्हें अपने साथ ले जाऊँ।" उस कमरे में अपनी खोज के अंत में वो सीधा खड़ा हुआ, "यहाँ तो उनके चिह्न

नहीं हैं। अंदर वाले कमरे में देखते हैं, कोई मेरे पीछे ना आना।" मंगल ने सामने दिखते बंद किवाड़ को धक्का देकर अंदर वाले कमरे में क़दम रखा।

लालाजी ने भी उसके पीछे-पीछे ही कमरे में क़दम रखा।

आख़िर अंदर वाला कमरा था। तमाम साज़ो-सामान यूँ ही खुला पड़ा था। लाला को भय की इस घड़ी में भी किसी बाहरी आदमी को घर के अंदर अकेले घूमने देने की छूट देने का विचार तक नहीं आया था, भले ही वो प्राणरक्षा का कवच बनकर ही क्यों न आया हो।

ललाइन अपने बेटे के साथ पीछे, बाहर वाले कमरे में ही रुक गई थीं। बाक़ी की भीड़ अभी भी दालान की चौखट से ही लगी खड़ी थी।

खोज की शुरुआत करते हुए मंगल ने सबसे पहले कमरे के फ़र्श पर नज़र दौड़ाई, विषधर का कहीं कोई निशान नहीं था। कमरे में घरेलू साज़ो-सामान ठुँसा पड़ा था। लालाजी को अपने अगल-बग़ल निगाह रखने को बोलकर मंगल ने अलमारी, टाँड़, कुर्सी, मेज़ आदि देखना शुरू किया।

"हो सकता है कि किताबों के पीछे छुपा हो।" लालाजी ने अपनी तरफ़ से बहुत अक़्लमंदी की बात कही।

मंगल ने भी सहमति में सर हिलाते हुए अलमारी में रखी किताबों को वहीं पड़े एक डंडे से एक-एक कर कोंचने लगा। अलमारी के निचले खाने की पहली किताब को धकेलते ही बाहर वाले कमरे से ललाइन और उसके बेटे की चीख़ एक साथ गूँजी।

मंगल और लालाजी भागकर वापस पहले वाले कमरे में पहुँचे।

जो विषधर अब तक इतनी कोशिशों के बाद भी किसी को खोजे नहीं मिल रहा था वह अब लाला के लड़के की कलाई पर कुंडली मारकर झूलता हुआ दिख रहा था।

विषधर बिलाशक शानदार था, साँपों की बिरादरी का सबसे उत्कृष्ट नमूना था। इंसानी कलाई से भी मोटे विषधर की काली जिल्द आबनूस की पॉलिश की हुई लकड़ी की तरह चमक रही थी और उसके नथुनों से निकलने वाली फुँफकार कमरे में साफ़ सुनाई दे रही थी।

ललाइन स्पष्ट रूप से थर-थर काँप रही थीं, लालाजी के बदन में काटो तो ख़ून नहीं था।

"पीछे हटो मालिक।" मंगल ने लालाजी को अपने पीछे कर मौक़े की कमान सँभालने की कोशिश की।

"ये यहाँ कहाँ से आया?" मंगल ने चीख़ सुनकर भीतर घुस आई भीड़ को लक्ष्य करके पूछा।

"तुम लोगों के पीछे-पीछे बाबू भी पिछले कमरे की चौखट तक चले गए थे। ये चौखट के ऊपर बने रौशनदान में कहीं छुपा था। बाबू के ऊपर गिरा और गिरते ही अपनी कुंडली में लपेट लिया।" तमाशाइयों की भीड़ में से कोई बोला।

लाला का लड़का तेरह-चौदह साल का था। मुँह पर मूँछों की रेख आना शुरू हुई थी। कहना मुश्किल था कि लड़का बहुत हिम्मतवाला था या डर से जड़ हो गया था, जो अभी तक आँख खोले स्थिर खड़ा था। विषधर उसके हाथ पर अपने लंबे शरीर की कुंडली बाँध, भूमि की तरफ़ सर करके धीरे-धीरे झूल रहा था।

जैसे ही कोई बड़ी आहट होती, विषधर अपना फन उठाकर अपने आस-पास की हवा भाँपने का प्रयास करने लगता था।

कमरे के एक कोने में पड़े सोफ़े के बग़ल में खड़ी ललाइन अपने जीवनकाल में अब तक याद किए हुए सारे मंत्रों को दुहराते हुए अपने ईष्टदेवों को याद कर रही थीं। इतनी-सी देर में जाने किस-किस देवी-देवता के नाम की, जाने कौन-कौन-सी मनौतियाँ मान चुकी थीं।

"बाबू डरना नहीं, और बिलकुल मत हिलना।" मंगल ने अपनी तर्जनी होंठ पर रखकर बाक़ी लोगों को शांत रहने का इशारा करते हुए लड़के को ढाढस बँधाया।

मंगल जानता था, विषधर ग़ुस्सैल है।

उसने बहुत धीरे से अपने क़दम लड़के की तरफ़ बढ़ाए। ललाइन के मंत्रोच्चारों की बुदबुदाहट और तेज़ हो गई। भीड़ में भी सुगबुगाहट बढ़ गई।

मंगल ने ज़मीन की तरफ़ झूल रहे उसके फन की तरफ़ हाथ बढ़ाया।

विषधर प्रतिक्रिया में फुँफकार मारकर तेज़ी से पीछे हटा और लड़के की छाती से टकराया।

बाहर बादलों की कड़कड़ाहट हुई।

विषधर ने जैसे बादलों की गर्जना से चिढ़कर लड़के के हाथ पर दाँत गड़ा दिए। क्षण भर को सभी, सिवाय मंगल को छोड़कर, स्तब्ध रह गए।

"हाय मेरा पुन्नू!" ललाइन त्योराकर पीछे पड़े सोफ़े पर ढेर हो गईं।

मंगल ने अब आव देखा ना ताव और लपककर विषधर का फन पकड़ लिया। फन पर हाथ का स्पर्श पाते ही विषधर ने अपनी कुंडली और कस ली। मंगल ने दोनों हाथों से विषधर के बदन को विपरीत दिशा में ऐंठना शुरू किया।

"डरना नहीं बच्चा, बूटी है मंगल के पास।" मंगल बीच-बीच में लड़के को भरोसा दिलाता जा रहा था, "भगवान पे भरोसा रखना, कुछ नहीं होगा मंगल के रहते।"

मंगल ने विषधर के शरीर को सहलाना शुरू किया। अपने प्राण संकट से निकलते हुए महसूस होते ही विषधर ने भी अपने शरीर को ढीला छोड़ दिया। मंगल ने धीरे-धीरे कुंडली खोलकर विषधर को बोरे में डाल दिया और बोरी के मुँह को रस्सी से बाँधकर एक कोने में रख दिया।

साँप से अलग होते ही जड़ खड़े लड़के में जैसे वापस प्राण पड़ गए। अब तक मूर्ति-सा स्तब्ध खड़ा लड़का दहाड़ मारकर रोने लगा, ज़मीन पर बैठकर अपने हाथ-पैर फेंकने लगा।

"शांत हो जाओ बबुआ, जितना ज़्यादा उछलो-कूदोगे, उतनी तेज़ी से ज़हर फैलेगा। पालथी मारकर बैठ जाओ। जब मंगल यहाँ खड़ा है तो ज़हर की क्या मजाल जो किसी को नुक़सान कर दे।"

मंगल ने लाला जी के बच्चे को दालान में लाकर, पालथी मरवाकर बैठा दिया। लालाजी अपनी आँखों के तारे को पकड़कर रो रहे थे।

"लड़के को अस्पताल ले चलो।" तमाशाइयों की भीड़ में से किसी ने राय दी।

"कोई ज़रूरत नहीं, अभी दो मिनट में सब तुम्हारी आँख के सामने ठीक हुआ जाता है।" मंगल ने भीड़, लड़के और लालाजी को तसल्ली दी।

मंगल ने अपने झोले से काले फल वाला तेज़ चाकू निकाला और लड़के के हाथ पर बने साँप के दाँतों के निशान के बीच में क़रीब तीन इंच का हल्का-सा, लंबा कट लगाया।

लड़के के युवा हाथ से गर्म, गाढ़ा लाल ख़ून बह निकला।

मंगल ने फ़ौरन हरकारे का धवल गमछा लड़के के हाथ पर कसकर गाँठ मारकर बाँध दिया।

मंगल ने अपने झोले से कोई जड़ी निकालकर, चाकू से उसके छोटे-छोटे टुकड़े करके लड़के को चबाने के लिए दे दिया और तेज़ी से मंत्र पढ़कर उसके चेहरे पर फूँकने लगा।

लालाजी लड़के का पसीना पोंछ रहे थे, हरकारा तेज़ी से अपने कुर्ते के निचले हिस्से से लड़के के मुँह पर हवा कर रहा था और बाक़ी भीड़ उन चारों को घेरकर दालान में खड़ी थी।

लड़के के चेहरे की रंगत धीरे-धीरे लौटने लगी।

"अब बचवा को कुछ नहीं होगा।" मंगल ने अपनी पालथी खोलते हुए कहा, "भगवान की साक्षात कृपा रही आज आपके परिवार के ऊपर। लाओ मालकिन, आज दस हज़ार एक रुपया से कम एक कौड़ी नहीं लेंगे। आज तो समझो आपके द्वार से साक्षात यमराज ही लौटे हैं।"

लेकिन ललाइन तो दालान में थी हीं नहीं।

ललाइन अभी भी कमरे के सोफ़े पर, पूर्ववत पस्त पड़ी हुई थीं। लालाजी के टहोकने पर भी ललाइन ने कोई प्रतिक्रिया नहीं दी।

"लगता है मालकिन को बाबू की हालत देखकर गश आ गया है, अभी एक जड़ी सूँघ के मालकिन भी चंगी हो जाएँगी।"

मंगल ने झोले से एक जड़ी निकालकर सोफ़े पर असंभव-सी मुद्रा में पस्त पड़ी ललाइन की नाक के आगे लहराई। ललाइन पर कोई असर ना पड़ा।

भीड़ में सुगबुगाहट हुई।

मंगल ने घबराकर अपनी उँगलियों से ललाइन की पलकें खोली। ललाइन की आँखें निस्तेज पड़ी थीं, आँखों से जीवन-ज्योति समाप्त हो चुकी थी।

भीड़ में सुगबुगाहट और तेज़ हुई।

"लगता है बचवा के साथ अनर्थ के अंदेशे से ललाइन का कलेजा फट गया, अनहोनी तो भैया अंत में हो ही गई।" भीड़ में से कोई धीरे से बोला।

तत्काल ही लाला और उसके बेटे का आर्तनाद सड़क तक गूँजा।

मंगल दोनों हाथों से अपना सर पकड़कर भूमि पर बैठ गया।

बाहर एकाएक बिजली कड़की और ललाइन के कलेजे के बाद जैसे

आसमान भी फट पड़ा। इतनी देर से रुकी हुई मूसलाधार बारिश और प्रचंड बनकर दुबारा शुरू हो गई।

क़स्बे में उस घड़ी जैसे प्रत्यक्ष प्रलय आ गई थी।

***

ललाइन को लोग गाड़ी में लादकर अस्पताल भी पहुँचे थे, लेकिन डॉक्टर ने देखते ही बता दिया कि प्राण का पंक्षी अब उड़ चुका है। डॉक्टर ने ललाइन की अचानक हुई मौत की वजह हार्ट फेल होना बताया था।

जिसने भी सुना यही कहा कि कैसे किसी माँ का कलेजा न फट जाता जिसकी आँखों के सामने ही उसके लाल की जान जाती हुई दिखाई दे रही हो। बेटे के साथ अनर्थ हो जाने के दृश्य ने ही माँ के प्राण हर लिए थे। विषधर के ज़हर ने प्रत्यक्ष या परोक्ष रूप से एक जान ले ही ली थी।

***

मंगल जब से पीली कोठी से लौटा था तब से अपनी खटिया पर ही लेटा हुआ था। बुढ़िया कहीं से राशन माँगकर लाई थी और रात के खाने के लिए चार रोटियाँ सेंक ली थी। दो बार खाने के लिए मंगल से पूछ चुकी थी मगर इस वक़्त मंगल को भूख का कोई एहसास नहीं था।

ललाइन की पत्थर हो गई आँखें अभी भी उसके सामने बार-बार आ-जा रही थीं।

बारिश दिनभर प्रताड़ित करने के बाद इस वक़्त बूँदाबादी में तब्दील हो चुकी थी। वातावरण में हर तरफ़ अब शांति थी, लेकिन मंगल के हृदय में तूफ़ान चल रहा था।

"घोर अनर्थ हो गया दाता, घोर अनर्थ। हर बार की ही तरह इस बार का काम था, ना जाने इस बार कौन-सी चूक हुई।" मंगल की अपनी अंतरात्मा से बहस जारी थी, "मैं कहाँ जानता था कि ललाइन का हृदय इतना कमज़ोर निकलेगा! लेकिन कौन-सी माँ का हृदय अपने लाल को किसी विषधर से डँसा जाता देखकर हाहाकार नहीं कर उठेगा!"

मंगल घबड़ाकर खाट पर सीधा बैठ गया।

"हर बार की ही तरह अगर आज भी कुछ होता तो भी किसी को कोई नुक़सान नहीं होता।" उसके दिमाग़ में उसकी अपनी ही आवाज़ गूँजी,

"कितना आसान होता था हर बार, जब भी पेट में दानों का इंतज़ाम हद से ज़्यादा मुश्किल हो जाए तो पहले एक ख़तरनाक दिखने वाले लेकिन विषहीन साँप को किसी अमीर या सेठ के घर में चुपके से छोड़ दो और फिर ख़बर आने का इंतज़ार करो। पहले पकड़ने में नानुकुर करो, फिर उसे पकड़ने का प्रपंच करो। साँप को ज़िंदा पकड़ लो तो इनाम तो मिलता ही मिलता था, साँप ने किसी को काट भी लिया तो ज़हर की नामौजूदगी में उसे होना तो वैसे भी कुछ नहीं होता था लेकिन ज़हर उतारने का प्रपंच करके उसके इनाम में दुगनी-चौगुनी बढ़ोतरी हो जाती थी।"

मन के अंदर चल रहे द्वंद्व से बेचैन होकर मंगल झोपड़ी से बाहर निकल आया और फिर से ज़ोर पकड़ रही बरसात के बीच भीगता हुआ ज़मीन पर बैठ गया। उसकी रेलगाड़ी-सी दौड़ रही सोच भी उसके साथ ही चली आई।

"अनर्थ हो गया, एक मानुष की जान बिना किसी दोष के सिर्फ़ मेरी भूख की वजह से चली गई। एक माँ के मन को इतना कष्ट दे दिया कि वो फट गया। एक बच्चे को बिन माँ का कर आया। अनर्थ हो गया... अनर्थ हो गया दाता।"

मंगल का शरीर निढाल होकर ज़मीन पर गिर गया।

***

काले बादलों ने अपने फन समेट लिए थे।

आसमान अब साफ़ हो चुका था।

बुढ़िया ज़मीन पर बैठी दहाड़ें मारकर रो रही थी। मंगल के घर के आगे कुछ लोगों की भीड़ लगी हुई थी।

ज़मीन पर पड़ा हुआ मंगल का शरीर अब तक ठंडा पड़ चुका था।

बुढ़िया की निगाह में उसका मरद भूख से मरा था। पड़ोसियों की निगाह में मंगल बरसात में तबियत ख़राब होने से मरा था। क़स्बे के डॉक्टर के हिसाब से मंगल का हार्ट फेल हुआ था। लेकिन सच तो यह है कि बरसात की उस रात मंगल को हर तरफ़ दिखती ललाइन की पथराई आँखों ने शर्मिंदा करके मारा था।

एक वादा था

वक़्त के उस दौर में क़स्बे की कच्ची सड़क पर सवारी के लिए ताँगों और इक्कों का चलना तो आम हो चला था लेकिन किसी मोटरगाड़ी का दिख जाना बच्चों और बूढ़ों के लिए अभी भी ज़रा कौतुक की बात होती थी।

कभी-कभी गुज़रने वाली कोई मोटरगाड़ी उस सड़क से होकर किसी बादशाह के अरबी घोड़े की शान और तेज़ी से धूल उड़ाती हुई जब भी निकलती थी, लोग रुककर देखने लगते थे।

वाह, क्या बानगी होती थी उसकी!

जिस भी मोड़ से गुज़रती थी, उस मोड़ से जुड़ी गलियों के बच्चे उसके पीछे-पीछे दूर तक दौड़ जाते थे। किसी के घर के आगे खड़ी हो जाए तो मोहल्ले के बच्चे उसे घेरकर, छूकर, चढ़कर देखने का प्रयास करते थे जिन्हें गाड़ी का ड्राइवर एक साँस में सौ-सौ गालियाँ देते हुए, डाँट-डपटकर भगाता रहता था।

ख़ुद को सारी देश दुनिया देखा हुआ बताने वाले लोग बताते थे कि कलकत्ते की सड़क पर तो यहाँ के ताँगों से ज़्यादा मोटरगाड़ियाँ चलने लगी थीं। सुनने वाले को अचरज लगता था लेकिन इस बात को काटने या मानने के लिए भला कलकत्ते तक का सफ़र कौन करता! वहाँ तो जो भी जाता था, जैसे वहीं बस ही जाता था।

ऐसे ही दौर में क़स्बे के बीच बसे बाज़ार में किराने की दुकान पर घर के लिए सौदा लेती ललिता ने जब बच्चों का कोलाहल सुना तो स्वाभाविक रूप से कारण जानने की लालसा में दुकान से निकलकर सड़क पर आ गई।

दूर से एक बड़ी, लाल मोटरगाड़ी सड़क पर शाइस्तगी से चली आ रही थी और उसके पीछे शोर मचाते बच्चों का हुजूम था। वो गाड़ी किधर से आ रही थी, किधर को जा रही थी, शोर मचाते हुए बच्चों की भीड़ को इस बात से क्या लेना-देना।

गाड़ी को नज़दीक आते देख किशोरी हो गई ललिता भी मुँह के आगे हथेलियों से गोला बनाकर हुड़दंगी बच्चों के साथ शोर मचाने लगी।

किशोरावस्था की शुरुआती उम्र अनोखी होती है, बचपना साथ नहीं छोड़ रहा होता है और बड़प्पन हाथ में नहीं समाता है।

सड़क पर दूसरी पटरी के किनारे बैठे सदा शांत बैठे रहने वाले साँड को जाने ललिता का शोर पसंद नहीं आया, या गाड़ी के पीछे दौड़ रहे उत्साही बच्चों का कोलाहल या गाड़ी का सुर्ख़ लाल रंग, देखने वालों में से कोई ठीक-ठीक नहीं समझ पाया पर अगले ही क्षण वो साँड उफनाती हुई वेगवती नदी की तरह उठा और गाड़ी की तरफ़ सींग झुकाकर दौड़ा।

गाड़ी के पीछे-पीछे दौड़ रहे बच्चों ने साँड से डरकर उल्टे पाँव विपरीत दिशा में सरपट दौड़ लगाई। गाड़ी चलाने वाले ने अपनी तरफ़ शक्ति के साक्षात दूत को दौड़ते हुए आते देख बौखलाकर गाड़ी को एक तरफ़ झोल देकर बचाना चाहा पर वो जाता भी तो कहाँ जाता!

सड़क की एक पटरी की तरफ़ से आता साँड और दूसरी पटरी की तरफ़ साँड को क्रोधित देख काठ मारी खड़ी ललिता... गाड़ी का ड्राइवर या तो अपनी जान देता या ललिता की जान ले लेता।

तभी जैसे बिजली-सी चमकी और किसी ने ललिता की बाँह पकड़कर एक तरफ़ खींच लिया, गाड़ी वाला उसी दिशा में झोल देकर अपनी गाड़ी को साँड के क्रोध की चपेट में आने से बाल-बाल बचा पाया।

"अरे अंधी है बावली कि लकवा मार गया? इतनी बड़ी गाड़ी दिखाई नहीं दे रही थी क्या?" हाथ पकड़कर खीचनें वाले ने डपटकर सवाल किया।

ललिता चुप खड़ी रही।

जिसकी जान अभी-अभी जाते-जाते बची हो उसके मुँह में ऐसी बातों का जवाब देने के लिए ज़ुबान में जान ही कहाँ बचती है।

"किसके घर की है?"

“रामकिशोर।”

“वो जिसके जामुन के बग़ीचे हैं?”

“हाँ।”

“तू उसकी लड़की तो नहीं है। रिश्तेदारी में आई है?”

“हाँ, वो मामा है मेरा।”

“मेरा नाम रघुवीर है, चल तेरे घर छोड़कर आता हूँ।”

सड़क पर किसी की जान नहीं गई थी, सो लोगों ने भीड़ लगाना भी ज़रूरी नहीं समझा था।

दोनों साथ-साथ रामकिशोर के घर की तरफ़ चल पड़े। क़स्बे के सबसे पुराने बने दोमंज़िला मकानों में से एक, रामकिशोर के घर, के पास पहुँचकर रघुवीर ठिठका, साथ में ललिता को भी रुकना पड़ा।

“अब तो तू चली ही जाएगी अपने मामा के घर तक, मैं नहीं जाऊँगा तेरे साथ उसके दरवाज़े तक, तेरा मामा मुझे देखते ही दौड़ा लेता है।” युवा होने की दहलीज़ पर खड़ा रघुवीर हँसा, जैसे ये कोई बड़ी मज़ेदार बात हो, “जामुनों को चुराने के चक्कर में उसके बगीचे का सत्यानाश जो हो जाता है मुझसे।”

“अच्छा!” ललिता ने आश्चर्य जताया।

“और क्या?” रघुवीर ने अकड़कर गर्दन ऊँची की।

“फिर तो बड़े उपद्रवी हुए तुम।”

“और जो अभी बाज़ार में जान बचाई तेरी, उसको भी उपद्रव कहेगी?”

“हट्ट!”

ललिता भागकर अपने मामा के घर के ओसारे के पार चली गई।

उस दिन रघुवीर को पहली बार पता चला कि कोई रूपवती लड़की जाते हुए ठहरकर, पलटकर एक बार देख ले तो मन पर कुछ माया-सा छा जाने का असर होता है।

***

अब दोनों गाहे-बगाहे एक-दूसरे को दिखने लगे थे। कभी नदी किनारे वाले जानकी मंदिर की सीढ़ियों पर, कभी बाज़ार में सौदा लेते, कभी क़स्बे की कच्ची सड़क पर घूमते। दोनों यूँ तो आपस में एक-दूसरे से कोई बात न करते,

लेकिन दोनों की आँखों को तसल्ली मिल जाती थी एक-दूसरे को देखकर।

एक दिन रघवीर बाज़ार में सौदा लेती हुई ललिता के कान में 'कल दुपहरी में जामुन के सबसे बड़े पेड़ के नीचे मैं तेरा इंतज़ार करूँगा' की फूँक मारकर उसका जवाब सुनने से पहले ही जल्दी से भाग गया।

भगवान ही जानता है कि उस वक़्त से लेकर अगले दिन की दोपहर तक रघुवीर का वक़्त कैसे कटा।

***

ललिता के मामा के जामुनों के बाग़ में सबसे बड़े पेड़ की ऊँची, मोटी डाल पर वो दोनों अपने पैर लटकाकर बैठे थे।

जामुन की डाल प्राकृतिक रूप से कमज़ोर होती है। किशोरावस्था में मनुष्य के मन में भाव तो बहुत होते हैं लेकिन देह में वज़न ही कितना होता है। अगर दोनों वयस्क होते तो डाल ज़रूर ही उनके वज़न से टूट जानी थी।

"बोलो, क्यों बुलाया मुझे यहाँ?" ललिता ने दोनों पैर हिलाते हुए हाकिम के जैसे मिज़ाज से पूछा।

ललिता को रघुवीर के बुलावे पर सात पाताल नीचे जाने में भी कोई शिकायत नहीं लेकिन मन के कोमल भाव चेहरे पर लाकर ज़ाहिर कर देने का विचार उसे जँचता नहीं।

"तुझे मीठे जामुन खिलाने।" रघुवीर ने जामुनों का एक गुच्छा उसकी तरफ़ बढ़ाया।

"अरे लो, हद्द है, मेरे मामा के बाग़ से जामुन चुराकर मुझे ही खिलाते हो! जानते हो बाग़ में चोरी की सज़ा क्या है?" ललिता ने जामुनों के गुच्छे में से एक जामुन तोड़ लिया।

"मैं क्या जानूँ, सज़ा का हिसाब तो वो रखते हैं जिन्हें पकड़े जाने का डर होता है, तेरा मामा तो मुझे आज तक कभी पकड़ ही नहीं पाया।" रघुवीर ने भी ललिता के तोड़े हुए जामुन के बग़ल से एक जामुन तोड़ा।

"अच्छा, और जो मैं ही जाकर मामा से बोल दूँ कि बाग़ में कोई चोर घुस आया है तो!" ललिता ने अपनी आँखे बड़ी करके पूछा।

बात प्रहसन की थी, लेकिन रघुवीर को मीठी न लगी।

मनुष्य का सहज स्वभाव है कि जिससे अनुराग हो, उससे अपेक्षा भी हो

जाती है कि वह हर परिस्थिति में उसका साथ दे।

"जा कह दे, मैं तो नहीं डरता तेरे मामा से।" रघुवीर ने कुछ चिढ़कर कहा।

"मैं तो डरती हूँ, मामा ने देख लिया कि तेरे साथ यहाँ बाग़ में जामुन के पेड़ पर चढ़ी हुई हूँ तो क्या जवाब दूँगी?"

"कह देना जामुन के चोर को रंगे हाथों पकड़ने के लिए चढ़ी थी।"

"अच्छा! पर चोर तो कहता है कि उसे कोई पकड़ ही नहीं पाया अभी तक, फिर इस बार कैसे पकड़ा गया?"

"कह देना, कह देना कि जादू से पकड़ा है।"

ललिता हँसी। रघुवीर भी उसे हँसते हुए देखकर हँस बैठा।

"कैसी बातें करते हो तुम, अजीब-सी!"

"मैं तो सच्ची बातें करता हूँ, तेरी तू जाने।"

"अरे, मैंने कौन-सा झूठ बोल दिया?"

"तो एक बात सच-सच बता।" रघुवीर ने हाथ में पकड़ा हुआ जामुनों का झब्बा किनारे रख दिया, "तू ब्याह करेगी मुझसे? मैं तुझसे ही ब्याह करना चाहता हूँ।"

"मुझसे कैसे ब्याह करेगा!" ललिता खिलखिलाकर हँस दी, "मेरे ये नये कंगन नहीं दिखते तुमको, मेरा तो छेका हो गया है।"

रघुवीर को लगा जैसे मीठे जामुनों के बीच किसी कड़वे जामुन की गुठली अचानक ही उसके दातों के बीच पिसकर उसके मुँह को कसैला कर गई। प्रत्याशा के प्रतिकूल प्रतिउत्तर पाकर उसका मन तिक्त हो गया।

"सच कहती है या हँसी करती है मेरे साथ?" रघुवीर समाचार की सत्यता वैसे ही परखना चाहता है जैसे वैद्य के मरीज़ को मृत कह देने के बाद भी परिवार वाले प्रियजन को हिलाडुलाकर देखते हैं, उसके सीने पर सर पटकते हैं कि शायद मृत्यु की घोषणा मिथ्या हो।

"तुमसे झूठ क्यों कहूँगी!" ललिता के स्वर में उलाहना थी।

दोनों चुप हो गए।

दो प्रेम से भीगी आत्माओं की सरल ठिठोली की झील में संकोच का पत्थर आ बैठा।

"अम्मा बताती हैं कि रियासत का ख़ास माना जाता है उनका घर। सब सुविधा है, सारी दुनिया का सुख मिलेगा मुझे वहाँ।" ललिता ने धीरे से कहा।

उसके स्वत: भाषण में सुख की चर्चा थी, लेकिन चेहरे पर मलीनता थी।

"इस जामुन के पेड़ पर मेरे साथ बैठने से भी ज़्यादा सुख!" रघुनाथ अनायास ही जामुन के झब्बे से एक-एक जामुन तोड़कर नीचे ज़मीन पर फेंक रहा था।

"कहती तो हैं।" ललिता ने नाख़ून से जामुन की डाल की सख़्त छाल को उधेड़ देने का असफल प्रयास किया।

"और तू क्या कहती है?"

"मुझे क्या कहना है, मेरा तो वही कहना है जो अम्मा का कहना है।"

"तू अम्मा के कहने से ख़ुश है?"

"न होऊँ? अम्मा तो हर वक़्त मेरे सुख की ही बात करती है।" ललिता ने बग़ल बैठे रघुनाथ की ओर देखते हुए पूछा।

रघुनाथ सामने पेड़ पर किलोल कर रहे तोतों के जोड़े को देख रहा था, ललिता को उसकी आँखों में ठहरा हुआ पानी दिख रहा था।

"तेरे सुखी संसार में मेरा कोई साथ नहीं?" रघुनाथ की आवाज़ भर्रा गई।

ललिता ने चुपचाप सर झुका लिया, आँख से आँसू की एक बूँद पेड़ की छाल अलग करने का प्रयास करती उँगलियों पर जा गिरी।

"जा..." रघुवीर ने क़मीज़ की आस्तीन को अपनी आँखों पर रगड़ा और हँसकर कहा, "फिर तो आज से तेरे सुखी संसार में कभी विघ्न न बनूँगा।"

रघुवीर अगले ही पल डाल से सीधे ज़मीन पर बेहिचक कूद गया। वह ज़मीन पर बिखरे हुए जामुनों के झब्बे को उठाकर बाग़ के उस छोर की ओर बढ़ गया जहाँ ललिता का मामा हमेशा अपनी लाठी के साथ खटिया पर लेटा, बैठा बाग़ के जामुनों की रखवाली करता रहता था।

बाग़ के कभी ना पकड़े में आने वाले चोर को उस दिन जामुनों के साथ अपने सामने खड़ा देखकर बाग़ के मालिक ने उसे ज़मीन पर धराशायी होने तक पीटा।

***

"तो फिर क्या विचार बना आप सबका?"

रात का माहौल है, कमरे में लालटेन की बहुत हल्की-सी रौशनी में बैठे हुए लोग प्रेत सरीखे दिख रहे हैं। बीच में बैठा सुदर्शन युवक अब कसरती बदन का मालिक हो गया है और अपनी जान-पहचान के दायरे में रघुवीर सिंह के नाम से जाना जाता है।

दस साल बाद अब उसकी तरुणाई के दिन, ललिता का मिलना, जामुन का पेड़ और बाग़ में कभी हुई विधिवत पिटाई जैसी बातें उसकी स्मृतियों के किसी गहरे कुएँ में दफ़न हो चुकी हैं। अब वो सशस्त्र क्रांतिकारी है, और सिर्फ़ अंग्रेज़ी हुकूमत की जड़ खोदने और देश की आज़ादी के बारे में सोचता है।

"काम मुश्किल तो नहीं होना चाहिए।" घेरा बनाकर बैठे लोगों में से एक व्यक्ति ने जवाब दिया, "जब बर्तानिया हुकूमत इतने गुप्त तरीक़े से अपने आदमी को एक जगह से दूसरी जगह भेज रही है तो उनकी कोशिश ज़रूर यही होगी कि वह किसी की निगाह में ना आए। ज़ाहिर है इस वजह से उसके साथ फ़ौज का लश्कर तो नहीं चल रहा होगा। लेकिन..."

"लेकिन क्या?"

"हमें उसके रास्ते का पता नहीं है। सिर्फ़ इतना पता है कि यहाँ वो एक घर में कुछ देर विश्राम के लिए और कुछ ज़रूरी दस्तावेज़ हासिल करने के लिए रुकेगा। हम संख्या में कम हैं, हमारे पास जानकारी हासिल करने के ज़रिये कम हैं इसलिए हम ये नहीं जानते कि वो किस रास्ते से आएगा और कब किस रास्ते पर आगे बढ़ जाएगा।"

"तो?"

"तो बात का मतलब ये है कि..." कहने वाले ने खँखारकर अपना गला साफ़ किया, "हम अगर उसे रोककर अपनी चीज़ हासिल करने की कोशिश करें तो ये काम सिर्फ़ तभी मुमकिन है जब वो उस घर में टिका हुआ हो, पर तुम तो जानते ही हो कि भले ही राह में उसके साथ लश्कर न हो पर उस घर में तो एक तरह से वो सल्तनत की ही छत्रछाया में ही होगा और वहाँ हथियारबंद पहरेदारों का बड़ी संख्या में जमा होना कोई बड़ी अनोखी बात नहीं होगी। क्या हम इतने लोगों से निपट पाएँगे?"

"मुझे विश्वास है कि ऐसा कुछ नहीं होगा।" रघुवीर सिंह ने अपना मत

रखा, "यदि बर्तानिया हुकूमत उसके कूच को गुप्त रखना चाहती है तो एक रात के लिए उस घर में पहरेदारों की भीड़ लगाकर उसके छुपने की जगह की मुनादी नहीं करवाएगी। अगर हम प्रयास करें तो उस अंग्रेज़ी कुत्ते को यहीं मारा जा सकता है और काग़ज़ात कब्ज़ाए जा सकते हैं।"

"तुम्हारी बातों में वज़न है।" अधेड़ हो चले एक अन्य व्यक्ति ने रघुवीर की बात से सहमति दर्शाने हेतु अपनी मोटी गर्दन हिलाई।

"एक शंका मेरी भी है।" तीसरा व्यक्ति सशंकित स्वर में बोल पड़ा, "जहाँ तक हम जानते हैं, उन काग़ज़ात में क्रांतिकारियों के नाम और गुप्त ठिकाने लिखे हुए हैं। बर्तानिया हुकूमत ने उसकी प्रतिलिपियाँ भी ज़रूर बनाई होंगी। ऐसे में उन्हें कब्ज़ाने से हमें क्या मिलेगा?"

"समय, समय मिलेगा ताकि हम अपने भाई-बंधुओं को सतर्क कर सकें। यह न भूलो कि हममें से कई ऐसे हैं जो छुपकर, बर्तानिया हुकूमत के साथ काम करते हुए उसकी जड़ खोदने में लगे हैं। अगर हमें उनके नाम-पते मालूम हों तो जैसे बर्तानिया हुकूमत उन पर हमला कर सकती है वैसे ही वो भी समय रहते अपना बचाव सोच सकते हैं। इसके अलावा अपने तंत्र में मौजूद उस छेद का पता लगा सकते हैं जिससे अंग्रेज़ों को हमारे बारे में जानकरियाँ मिली हैं। अगर वो अपने बीच हमारे भेदिए ढूँढ रहे हैं तो हम भी अपने बीच उनकी भेजी हुई काली भेड़ ढूँढने का प्रयास कर सकते हैं ताकि भविष्य में हमारे संगठन को नुक़सान होने से बचाया जा सके।"

"तुम्हारी बात बिलकुल ठीक है।"

"तो फिर तय रहा।" रघुवीर सिंह ने अपनी योजना बताई, "मैं, दिनकर और मोहन पहले पहर के समाप्त होते-होते गोह की मदद से चाहरदीवारी कूदकर अंदर जाएँगे और काग़ज़ात ढूँढ़कर क़ब्ज़ाने और विलियम को नरकलोक भेजने का प्रबंध करेंगे और तुम दोनों, जीवा और जवाहर, बाहर से किसी के आने पर उसे रोकने और हमें सचेत करने का काम करोगे, किसी को भय लग रहा हो या किसी भी तरह की कोई आपत्ति हो तो अभी बोलो।"

"हम देश के साथ हैं।" सब एक साथ, एक स्वर में बोले।

"ठीक है, फिर यही तय रहा।" रघुवीर सिंह ने एक-एक को आँखों-ही-आँखों में आँका, "एक बात याद रखना कि हमारी लड़ाई सिर्फ़ अंग्रेज़ों से

है। हमें सिर्फ़ अंग्रेज़ों को ख़त्म करना है। पहरे पर खड़े हिंदुस्तानी हमारे ही भाई-बंधु हैं। उनको नुक़सान पहुँचने का मतलब होगा कि जनता की निगाह में हम क्रांतिकारी की जगह मामूली डाकू और ख़ूनी मान लिए जाएँगे। यह हमारा उद्‌देश्य नहीं है, इसलिए सभी को ताकीद है कि वह किसी भी हिंदुस्तानी आदमी को मारने से परहेज़ करेगा। जय जगदम्बा!"

"जय जगदम्बा!"

कमरे में हो रही सभा को लालटेन बुझाकर समाप्त करने का इशारा हो गया।

***

बिस्तर पर विलियम को नींद नहीं आ रही थी। मेरठ रेजिमेंट से वो अपने साथ क्रांतिकारियों के छुपने के ठिकानों के नक़्शे, उनके नाम और पतों से भरी हुई डायरी और क्रांतिकारी पर्चे छापने वाले गुप्त प्रेसों के पते की सूची लेकर निकला था जिसका झाँसी रेजिमेंट के पास ख़ामोशी से पहुँचना ज़रूरी था।

आज की रात का पड़ाव उसे सीनियर अफ़सरों ने इसलिए ज़रूरी कहकर करवाया था जहाँ उसे आराम के साथ-साथ कुछ और काग़ज़ात भी मिलते।

रात का खाना खाने से थोड़ी देर पहले ही उसे सभी काग़ज़ात सर रिचर्ड के हाथों मिल चुके थे।

क्रांति के इतिहास के पन्ने बदल देने की क्षमता रखने वाली इस बात को गुप्त रखने के लिए सल्तनत के महाराज तक को असली बात नहीं बताई गई थी। उसे भी बर्तानिया हुकूमत की तरफ़ से सिर्फ़ इतना कहा गया था कि हुकूमत के एक सिपाही को गुप्त रूप से रात भर आश्रय और सुरक्षा देना था।

इतनी-सी बात के लिए सल्तनत बर्तानिया हुकूमत से रार ठानने के न पक्ष में थी न स्थिति में। महाराज ने हुकूमत की बात मानते हुए विलियम को पर्दादारी देने के लिए अपने ख़ास आदमी चंद्रभान के घर रुकवा दिया था।

घर के मालिक की तरफ़ से उसे सुरक्षा की पूरी तसल्ली मिली थी लेकिन फिर भी विलियम को तसल्ली से नींद नहीं आ रही थी। आधी रात के बाद विलियम के कमरे के बाहर कहीं हल्का-सा खटका हुआ। आधी नींद सोए विलियम ने आँखे खोलकर टोह लेने के लिए अपने कान खड़े कर दिया।

दरवाज़े के नीचे से धुआँ और आग दिख रहा था।

"आग!" ज़ेहन में यह शब्द आते ही विलियम ने दौड़कर दरवाज़ा खोला। किसी की तलवार ने फ़ौरन उसके कंधे पर अधिकार कर लिया।

"ख़बरदार!" कोई धीमी लेकिन सख़्त आवाज़ में बोला, "ज़रा-सा शोर किया तो यहीं मार दिए जाओगे। चुपचाप काग़ज़ात निकालो।"

विलियम ने अपना सर धुन लिया।

कितनी आसानी से बर्तानिया हुकूमत का बाँका जवान बेवक़ूफ़ बन चुका था।

बाहर खड़े लोगों ने सिर्फ़ काग़ज़ और गीला कपड़ा जलाकर उसके कमरे के बाहर आग लगने का नाटक रचा था। अगर वह पहले ही यात्रा से थका हुआ न होता तो शायद इस भ्रमजाल को पकड़ भी लेता पर अब तो बाज़ी उसके हाथ से जा चुकी थी। प्रत्यक्ष था कि पहरे के सिपाही या तो बेहोश थे या मारे जा चुके थे।

घर का मालिक इस संकट की घड़ी में पता नहीं कहाँ ग़ायब था।

"जल्दी लाओ।" एक व्यक्ति ने विलियम का कॉलर पकड़कर डपटते हुए कहा।

"क्या लाऊँ?" विलियम ने सूरत को आँखों में छाप लेने की कोशिश करते हुए पूछा।

"मसखरी मत कर, जो काग़ज़ लेकर तू मेरठ रेजिमेंट से निकला है वो निकाल।"

"मेरे पास कोई काग़ज़ नहीं है।" विलियम ने स्पष्ट इनकार किया।

"झूठ बोलता है अंग्रेज़ी कुत्ता।"

"मेरे पास कोई काग़ज़ नहीं है।" विलियम ने रट्टू तोते की तरह अपनी कही बात को दोहराया। ऐसे वक़्त में घर के मालिक की ग़ैरमौजूदगी से वो हैरान था।

"यह हमारा समय ख़राब कर रहा है। काग़ज़ात इसी के पास होंगे, फ़ौरन इसके कमरे की तलाशी लो। मैं इसकी ज़ुबान खुलवाता हूँ।" रघुवीर सिंह ने बाक़ियों को आदेश दिया।

दिनकर और मोहन, दोनों लपककर उसके कमरे में घुस गए। रघुवीर ने विलियम को कड़ी निगाहों से घूरा। विलियम ने निडर भाव से उससे निगाह

मिलाई।

"काग़ज़ात का पता बता देते तो आसान मौत मरते।" रघुवीर ने विलियम का ध्यान अपने हाथ में पकड़ी हुई तलवार की तरफ़ दिलाते हुए कहा।

"मौत से न तुम डरते हो न मैं। तुम अपने देश की सेवा कर रहे हो और मैं अपने देश की।" विलियम की आवाज़ में ज़रा भी संदेह नहीं था।

रघुवीर को विलियम से अपने अंजाम से बेख़तर ऐसे जवाब की आशा न थी। रघुवीर की नज़र में विलियम विदेशी आक्रांता का सिपाही था जो मार दिए जान के क़ाबिल था, विलियम की निगाह में वो अपने देश का छोटा-सा सेवक था जो मर कर भी अपने देश के काम आने को तैयार था।

दुनिया में सत्य और न्याय का पैमाना हर किसी के अपने मानकों से बना होता है।

"लेकिन हम अपने देश की सेवा करने के लिए किसी देश को नोच-नोचकर खोखला नहीं कर रहे हैं।" क्रोध से बुदबुदाते हुए रघुवीर ने अपने तलवार की नोक विलियम के सीने में चुभोई जिसके जवाब में विलियम ने दर्द से चिल्लाने की जगह चीख़कर घर के मालिक को पुकारा।

रघुवीर ने हड़बड़ाकर विलियम की ठुड्डी पर एक मुक्का धर दिया। विलियम अचानक हुए इस प्रहार से विचलित होकर पीछे हटा तो रघुवीर ने उसे अपने शक्तिशाली मुक्कों पर धर लिया। बर्तानिया हुकूमत का बहादुर सिपाही कुछ ही घूँसों में अपने होश त्यागकर धूल चाट गया। रघुवीर ने अपने चेहरे पर छलक आया पसीना पोछने के लिए मुँह पर हाथ फेरा तो उस पर जैसे क़यामत टूट पड़ी।

किसी ने पीछे से रघुवीर की पीठ में पूरा खंजर उतार दिया था। रघुवीर तड़पकर आगे की ओर लपका और पलटा। उसकी चीख़ सुनकर मोहन और दिनकर कमरे से बाहर निकल आए। घर का नौजवान मालिक एक हाथ में चमचमाती हुई अर्धचंद्राकार तलवार लेकर उनके सामने खड़ा था। उसका घोंपा हुआ खंजर अभी भी रघुवीर की पीठ में गड़ा हुआ था।

"जान प्यारी है तो तुरंत भाग जाओ वरना मेहमान पर हमले के जुर्म में तुम सबकी गर्दनें उतार दूँगा।" नौजवान कड़ककर बोला।

रघुवीर ने पीड़ा को नजरंदाज़ करके उसकी तरफ़ देखा। वह उसी की

उम्र का अकेला हिंदुस्तानी नौजवान था जो किसी कमरे से विलियम की चीख़ सुनकर निकलकर आया प्रतीत होता था।

"ये अंग्रेज़ है। दुश्मन है। हिंदुस्तानी होकर दुश्मन का साथ देने में शर्म नहीं आती?" रघुवीर ने घाव पर हाथ लगाकर देखा, पूरा हाथ उसके अपने ही ताज़े गर्म ख़ून से लिथड़ गया।

"मेरे लिए सिर्फ़ अतिथि है जिसकी सुरक्षा का आदेश सीधे महाराज से मिला है मुझे।" आगंतुक ने घुसपैठियों पर कड़ी नज़र रखे-रखे जवाब दिया।

"पागल मत बनो, इसकी जान तो जानी ही है। क्यों इसके लिए अपनी जान देने पर तुले हो?" रघुवीर ने समझाने की कोशिश की।

मोहन और दिनकर ने अपनी-अपनी तलवारें मज़बूती से थाम रखी थीं। दोनों जियाले थे, रघुवीर की एक पुकार पर मौत के परकालों से बेहिचक भिड़ जाने का हौसला रखते थे।

"इसके लिए तो मैं अपनी उँगली भी ना हिलाऊँ लेकिन महाराज का वफ़ादार हूँ, अगर उनका आदेश है कि इसे रात भर मेरी सुरक्षा में रहना है तो यम भी इसे मेरी मौत के बाद ही छू सकता है।"

"कविता मत पढ़ो।" रघुवीर दहाड़ा, "यह हमारा दुश्मन है।"

"मेरा भी मित्र नहीं है ये और न ही तुम हो, मेरे लिए सिर्फ़ मेरे महाराज का आदेश ही सर्वोपरि है।"

"बेवक़ूफ़।" रघुवीर ने दाँत पीसे, "ये मर जाए तो कह देना कि तुम्हें भी बाक़ी पहरेदारों की तरह बाँधकर बेबस कर दिया गया था।"

"ग़द्दारी सिखाते हो? क्रांतिकारी होकर! मुझे मेरे ही अन्नदाता से नमकहरामी करने को कहते हो?" युवक व्यंग्यपूर्वक मुस्कुराया।

"हमारी तुझसे कोई दुश्मनी नहीं है। लेकिन हमें ये कुत्ता और इसका सामान चाहिए।"

"दफ़ा हो जाओ, बहुत बातें कर ली।" नौजवान ने तलवार अपने सर से ऊपर उठाकर तान दी, "वरना उस दिन को कोसोगे जब यहाँ आने के बारे में सोचा था। जब तक मैं ज़िंदा हूँ तब तक न तो इसका बाल भी बाँका हो सकता है और न तुम यहाँ से कुछ ले जा सकते हो।"

रघुवीर ने मोहन को इशारा किया। मोहन ने तत्काल अपनी तलवार बेहोश

विलियम की गर्दन पर रख दी। घर के मालिक ने अपना तलवार वाला हाथ ऊँचा करके मोहन की तरफ़ छलांग लगाई। रघुवीर ने अपने हाथ में थमी तलवार उस युवक की तरफ़ चलाई। मोहन की भारी तलवार ने विलियम को गर्दन को एक झटके में धड़ से अलग कर दिया।

उधर घर का कर्ता पेट में तलवार लिए पछाड़ खाकर गिरा। उसका आर्तनाद सुनकार बग़ल के कमरे में से भी कोई चीख़ा।

"कोई और भी है!" मोहन ने दिनकर को इशारा किया। दिनकर ने कमरे में सावधानी से क़दम रखकर चारों ओर देखा।

किसी विवाहित युगल का शयनकक्ष लग रहे कमरे के एक कोने खड़ी एक स्त्री थर-थर काँप रही थी।

"एक औरत है।" दिनकर वहीं से चिल्लाया।

"बाहर लाओ।" रघुवीर ने आदेश दिया। रघुवीर की पीठ से काफ़ी ख़ून बह चुका था लेकिन अपने साथियों का हौसला बनाए रखने के लिए वो अभी तक अपनी पीड़ा को प्रदर्शित किए बिना खड़ा था।

मोहन ने देवों को भी रुला देने वाला आर्तनाद करती हुई स्त्री को खींचते हुए रघुवीर के सामने लाकर खड़ा कर दिया।

***

सारे काग़ज़ात विलियम के टँगे हुए कोट की अस्तर के अंदर सिले हुए मिल गए हैं। दिनकर और मोहन, रघुवीर के अगले आदेश का इंतज़ार कर रहे हैं।

स्त्री अपने पति की की लाश के सीने पर सर रखकर सिसक रही है। आस-पास उसकी टूटी हुई रंगीन चूड़ियों के टुकड़े बिखरे थे, जो उसके पति के रक्त में डूबकर अब लाल ही दिख रहे थे।

रघुवीर शांत खड़ा है।

"हम इसे मारना नहीं चाहते थे।" रघुवीर ने रोती हुई स्त्री के सामने अपनी सफ़ाई पेश की। पति के सीने पर सर पटककर शोक मनाती स्त्री का चेहरा और बाल भी उसके पति के रक्त से सन गए थे।

"मारना नहीं चाहते थे फिर भी मार दिया? कैसे मानुष हो तुम रघुवीर?" स्त्री ने अपने पति की मृत देह से सर उठाकर रघुवीर से सीधे, अत्यंत ठंडे

स्वर में पूछ लिया।

रघुवीर चिहुंक गया।

उसे कदापि आशा न थी कि इतने बड़े घर की कोई स्त्री उसे नाम से जानती-पहचानती होगी।

"कौन हो तुम? क्या मैं तुम्हें जानता हूँ?" रघुवीर ने स्त्री के चेहरे को ध्यान से देख पहचानने की कोशिश की।

"तुम तो कहते थे कि तेरे सुखी संसार में कभी विघ्न ना डालूँगा। आज संसार ही उजाड़ दिया मेरा? एक क्षण में सुहागन से विधवा बना दिया! ये तो स्वप्न में भी नहीं सोचा था कि जीवन में अगर कभी फिर मिलोगे तो वैधव्य भेंट कर दोगे।" स्त्री ने अपनी पति के ख़ून से भीगे हाथों से अपना सर थाम लिया।

"कौन!" रघुवीर की वर्षों से दबी स्मृतियाँ तत्क्षण ज़िंदा हो उठीं, "ललिता?"

दस साल पहले से अब तक की ललिता में बहुत बदलाव आ चुका था लेकिन फिर भी रघुवीर ने उसे सप्रयास पहचान लिया।

"तुम यहाँ, हे प्रभु! ये क्या किया मैंने!" वह नियति के प्रहार से घबराकर दो क़दम पीछे हो गया, हृदय में उठी अगाध पीड़ा ने पीठ में धँसे खंजर की पीड़ा बिसरा दी।

ललिता चुप रही लेकिन उसकी जलती निगाह में भी रघुवीर से यही सवाल था।

"तुम दोनों केंद्र पर जाओ।" रघुवीर सिंह ने टूटे स्वर में मोहन और दिनकर को आदेश दिया, "मैं दो क्षण में चलने की तैयारी करता हूँ।"

दोनों ने कुछ समझा, एक-दूसरे को देखा और आगे कुछ समझने का प्रयास किए बिना ही चुपचाप बाहर चले गए।

"मैं अपराधी हूँ तुम्हारा।" ललिता के पति की देह उसके और रघुवीर के बीच निस्तेज पड़ी हुई थी, "दंड का पात्र हूँ।"

"दंड तो तुमने दे दिया, मुझे। अपने हाथों मृत्युदंड भी दे देते तो शायद इतनी पीड़ा नहीं होती।"

"अनजाने में हुआ।" रघुवीर उसके पति की देह के समीप भूमि पर बैठ गया। कलेजे में अबूझ-सी टीस हो रही थी। हाथों की उँगलियाँ काँप रही थी।

संसार भर की प्यास ने उसके कंठ को अपना ठिकाना बना लिया था।

"लेकिन इस बात से मेरी पीड़ा तो कम नहीं हुई!" ललिता ने अपने पति का माथा सहलाया।

"पीड़ा, हाँ पीड़ा तो कभी ख़त्म नहीं होती, आज शायद सारी पीड़ाओं का अंत हो!" रघुवीर ने कमर में खुँसी हुई कटार निकाल ली, "एक वादा था तुमसे कि तुम्हारे सुखी संसार में विघ्न न डालूँगा। आज वो वचन टूट गया। अपराधी हूँ, दंड दो।"

उसने कटार ललिता के हाथों में पकड़ाकर उस पर ललिता की मुट्ठियाँ अपनी मुट्ठियों के नीचे कसी।

नियति के दो ध्रुवों का पहला और अंतिम स्पर्श था वो।

"एक वादा था..." रघुवीर ने ललिता के हाथ में थमी कटार की धार को अपनी गर्दन पर रखा, "... जो टूट गया। दंड दो।"

रघुवीर ने नेत्र बंद कर लिए।

रामकिशोर की लाठियाँ, जामुनों का बाग़, क़स्बे की गली में उफनाया दौड़ता साँड, हट्ट कहकर ओसारे में भागकर जाती हुई ललिता, सब उसकी स्मृतियों में एक क्षण में कौंध गए।

"ख़त्म करो अब।" रघुवीर ने ललिता का हाथ अपने मज़बूत हाथों में कसकर अपनी तरफ़ खींचा।

पीड़ा से चिंघाड़ती हुई ललिता ने उसकी गर्दन पर कटार की धार फेर दी।

शिकार

सरदार की खुरदुरी कलाई पर हथेली की तरफ़ बँधी हुई रेडियम वाली घड़ी का डायल रात के दो बजे से ऊपर का वक़्त दिखा रहा था।

अँधेरे में डूबी हुई आबू रोड पर कभी-कभार चारपहिया गाड़ियाँ तेज़ रफ़्तार से निकलकर वहाँ व्याप्त अपरिमित सन्नाटे को भंग कर देती थीं। समय बीतता जा रहा था और हाथ को हाथ न सुझाई देने वाले अँधेरे में सड़क के किनारे इंसानी क़द तक ऊँची उगी हुई झाड़ियों के पीछे छुपे कुछ शैतान बीतते वक़्त के साथ-साथ बढ़ती जा रही अपनी उत्कंठा से ग्रस्त होकर एक-दूसरे को रह-रहकर देख रहे थे।

रात के वक़्त सड़कें भले ही उनींदी होती हैं, मगर दुनिया के हर हिस्से में रात के शैतान पूरी तरह जाग रहे होते हैं।

ये सरदार का गैंग था।

सरदार उसकी जाति या नाम नहीं था, बस पंगे वाले कामों में आगे-आगे चलने की वजह से गली, मोहल्ले के ठगों, उठाईगीरों, जेबकतरों और मवालियों द्वारा बहुत साल पहले उसे अपना लीडर मान लिए जाने पर मिली हुई उपाधि थी और एक समय के बाद तो जिसने भी इसका नाम सुना, सरदार ही सुना।

गैंग में सरदार का रौब था, इलाक़े में सरदार का रसूख था।

सालों तक महात्मा गाँधी रोड पर अकेले पॉकेटमारी और नोवेल्टी सिनेमा की टिकेट ब्लैक करने के धंधे से शुरू करके इलाक़े के मवालियों को अपने साथ जोड़कर छोटे दुकानदारों से हफ़्तावसूली और राहजनी जैसे छोटे-मोटे

दर्जे के अपराध करने के बाद अब सरदार का दिल बड़े हाथ मारने को करता था, जिसकी सबसे बड़ी वजह थी उसकी बढ़ती हुई उम्र।

सरदार को जुर्म की दुनिया में अपने असर का पता था लेकिन उसने अपनी ढलती हुई उम्र का भी अंदाज़ा था। उसे पता था कि आगे कुछ सालों के बाद उसके जिस्म में वो फुर्ती, वो ताक़त नहीं रह जाएगी जिसके दम पर वो गैंग में अपना दबदबा क़ायम रखे हुए था। सरदार जानता था कि कल को उसी के गैंग का कोई लौंडा उसका गला काटकर उसके माल पर क़ाबिज़ हो जाएगा। ऐसा नहीं भी हुआ तो भी ऐसे छोटे-मोटे हाथ मारते रहने से तो उसका बुढ़ापा सुख से कटने से रहा।

अब वो वाक़ई बड़ा हाथ मारना चाहता था जिसमें लाखों का वारा-न्यारा एक झटके में हुआ करे।

इस काम के लिए उसने हाल ही में आबू रोड पर लग्ज़री गाड़ियों की लूट का सिलसिला शुरू किया था। हालाँकि ऐसे मौक़े उसे महीने में कभी-कभार ही मिलते थे लेकिन उसने बहुत सोच-विचार कर दो वजहों से इस काम में हाथ डाला था।

एक तो ऐसी महँगी गाड़ियों में कैश के साथ कभी-कभी गहने और कई और क़ीमती चीज़ें भी मिल जाती थीं, दूसरे ऐसी लग्ज़री गाड़ियाँ आगे हाथों-हाथ बिककर खरा पैसा तैयार करती थीं।

ऐसी लग्ज़री गाड़ियों के ज़्यादातर मालिक अपने पैसे के नशे में अपनी ही सुरक्षा से ग़ाफ़िल रहते थे। दस लाख की गाड़ियाँ लेने का हौसला रखते थे लेकिन अपनी सेफ़्टी के लिए एक मामूली कट्टा रखने का उन्हें कभी ख़याल तक नहीं आता था।

ज़िंदगी में हर क़दम पर मौजूद हादसे के अंदेशों से बेपरवाह लोग ही हादसों का सबसे पहला शिकार बनते हैं।

सरदार को इस काम में उसे रिस्क कम लगता था, मुश्किल उसे सिर्फ़ दो बातें लगती थीं। पहली, अकेली, कम सवारियों वाली, प्रीमियम वैल्यू की गाड़ी की निशानदेही करना और दूसरा उसे चालू सड़क पर रोककर मिनटों में क़ब्ज़ा करना।

अपने मतलब की गाड़ियाँ ताड़ने के लिए उसने सलीम से सेटिंग बैठाई

हुई थी। अपने हर शिकार को यह गैंग अपनी सधी हुई ड्रिल के मुताबिक़ ही हैंडल करता था। सलीम को छोड़कर बाक़ी का गैंग हाईवे के किनारे उगी झाड़ियों में छुपता था।

सलीम हाईवे के किनारे रातभर चलने वाला एक छोटा-सा ढाबा चलाता था जहाँ रात के थके मुसाफ़िर खाना खाने या चाय पीने के लिए अक्सर रुकते थे। सलीम का काम था शिकार और गाड़ियों की पहचान करना, और आसान शिकार वो मुसाफ़िर होते थे जो अकेले या अपने साथ महिलाओं को लेकर सफ़र करते थे।

सरदार का मानना था कि सफ़र में आदमी अकेला हो या घर की औरतें साथ हों तो मुसीबत आने पर उसकी नस दब जाती है, फिर वो मुसीबत से भिड़ने की जगह बख़्श दिए जाने की मिन्नतें माँगने पर फ़ौरन उतर आता है।

बाक़ी गैंग का काम था कि वांछित गाड़ी की ख़बर मिलते ही शक्ल-सूरत से भले लगने वाले दो नौजवान लड़के, जिनमें से एक लड़की का भेष धरे होता था, सड़क के बीच में अपनी मोटरसाइकिल लिटा देते थे और पहला लड़का लड़की का स्वांग धरे लड़के के साथ जाकर सड़क के एक किनारे लेट जाता था। ड्रामे को एक्स्ट्रा कलरफ़ुल करने के लिए दो-तीन साल के बच्चे का असली-सा लगने वाला एक गुड्डा धूल मिट्टी में सानकर सड़क की दूसरी ओर लिटा देता था।

गाड़ी का ड्राइवर सड़क के बीचो-बीच गिरी हुई मोटरसाइकिल देखता, सड़क के एक किनारे एक मर्द और औरत और दूसरे किनारे बच्चे को धूल मिट्टी ख़ून में सना देखता तो अपने-आप ही अपनी गाड़ी धीरे कर सड़क के एक किनारे रोक लेता। हक़ीक़तन, सड़क पर फ़रेब की पूरी सेटिंग ही ऐसी बैठाई जाती कि कार वाले के लिए तीनों में से किसी एक पर गाड़ी चढ़ाए बिना आगे बढ़ना नामुमकिन हो जाता था। गाड़ी के ड्राइवर का दिल पसीजने में रही-सही कसर बच्चे के पुतले के नीचे छुपे रिकॉर्डर से आती बच्चे की आहों-कराहों वाली दर्दनाक आवाज़ पूरी कर देती थी।

कार का ड्राइवर गाड़ी रोकता, माजरा समझने की कोशिश ही कर रहा होता कि झाड़ियों के पीछे छुपे बाक़ी गैंग मेम्बर्स गाड़ी के हर शीशे पर अपनी बंदूक़ रखकर सबको बाहर निकलने पर मजबूर कर देते थे।

आगे का काम आसान रहता था। गाड़ी क़ब्ज़ाओ, कैश, गहने झोले में भरो और सवारियों को किनारे जंगल में ले जाकर, मारकर पहले से तैयार गड्ढों में दफ़ना दो।

अपने इस धंधे के बारे में सरदार का उसूल था कि जितने कम लोग उनके, उनके काम के बारे में जानेंगे, गैंग उतना ही सेफ़ बना रहेगा। दिन के वक़्त गैंग के सभी मेंबर अपनी काली करतूतों को छुपाने के लिए छोटे-मोटे काम करते थे जिससे किसी को उन पर शक ना हो। सरदार ने पुलिस और समाज में सुधरने का ढोंग रचने के लिए आज के फ़ैंसी स्मार्टफ़ोन और टीवी वाले ज़माने में रेडियो, ट्रांजिस्टर, वीसीआर ठीक करने वाली एक छोटी-सी दुकान को अपनी रोज़ी और दिन की वक़्तगुज़ारी की ओट बना रखा था जहाँ उसे सोने और वारदातों की प्लानिंग करने के लिए भरपूर वक़्त मिलता था।

घड़ी की सुइयों के साथ-साथ अब गैंग की बेताबी भी बढ़ती जा रही थी। गैंग में नये भर्ती हुए सुक्खा को अपने जौहर दिखाने की जल्दी थी, गैंग के सरदार के चेहरे पर सदा की तरह इत्मिनान मौजूद था।

"लगता है आज की रात सूखी ही निकल जाएगी क्या?" सुक्खा ने उकताकर सरदार के बग़ल में बैठे दिलीप से पूछा।

"लगता है तुझे कुछ ज़्यादा ही जल्दी मची है अमीर बनने की, लौंडे।" दिलीप ने हँसकर सुक्खे की पीठ पर एक धौल जमाई।

सरदार ने हथेली में छुपाकर बीड़ी का एक ज़ोर का कश लगाया। "लड़के को अमीर बनने की जल्दी ना है।" सरदार ने सुक्खे को घूरा, "इसको मज़े लेने की जल्दी ज़रा ज़्यादा है, अभी नई उम्र है ना, नई उम्र को मज़े की चुल्ल कुछ ज़्यादा ही मची रहती है।"

सुक्खा गर्दन नीचे करके, अनायास ही एक आँख बंद करके धूर्तता से हँसा।

"सुन बे सुक्खे, अगर पिछली बार की तरह इस बार तूने कोई गड़बड़ की तो किशोरी शिकार से पहले तुझे गोली मारकर तेरी गर्मी को ठंडा करेगा, सुन रहा है ना किशोरी?"

गैंग में सबसे कम बोलने वाला, अपने काम में निर्मम किशोरी सरदार की बात के जवाब में केवल सर हिलाकर अपने पिस्टल की गोलियाँ गिनने लगा।

सरदार का घूरना और किशोरी का एक्शन देखकर सुक्खे की हँसी रुक गई। गैंग को आख़िरी शिकार किए हुए तीन हफ़्ते से ज़्यादा का वक़्त हो गया था। पिछली लूट के दौरान गैंग ने फ़ॉर्च्यूनर में सवार एक नौजवान पति-पत्नी को रोका था, जिसमें वारदात के दौरान सुक्खे ने पति से ज़्यादा उसकी ख़ूबसूरत बीवी पर ध्यान देने की ग़लती की थी जिसकी वजह से पति को झाड़ियों के अंदर से भागकर वापस सड़क तक पहुँचने का मौक़ा मिल गया था।

बाक़ी गैंग ने बहुत मुश्किल से उस आदमी को हाईवे से गुज़रने वाली दूसरी गाड़ियों की निगाह में आने से रोका था। तब से सुक्खा बाक़ी गैंग से जब-तब अपनी प्रवृत्ति के लिए झिड़की खा जाता था।

शैतानों की टोली फिर से धैर्यपूर्वक आने वाले वक़्त का इंतज़ार करने लगी।

***

सलीम ने काउंटर पर बैठे-बैठे ही ढाबे के कंपाउंड में घुस रही गहरे रंग की बलेनो को देखा। चमचमाती हुई कार के बोनट पर V की आकृति बना रही ताज़े गेंदे की फूलों की दो लड़ियाँ और रंगोली से बने स्वास्तिक का ताज़ा निशान कार के बस कुछ ही दिन पहले ही शोरूम से निकलने की गवाही दे रहे थे।

कार के रुकने के कुछ देर बाद कार की ड्राइविंग साइड से एक छरहरा, लंबा नौजवान उतरा और वहीं टहल रहे ढाबे के छोकरे से कुछ बात करने के बाद वापस कार की पैसेंजर साइड के अधखुले शीशे की तरफ़ झुककर अपनी सवारी से कुछ बात करने लगा। एक मिनट बाद नौजवान सीधा खड़ा हुआ और छोकरे को कुछ हिदायत देने के बाद वापस कार में ड्राइविंग सीट पर बैठ गया।

"क्या ऑर्डर है कार वाले का?" सलीम ने छोकरे को पास बुलाकर पूछा।

"दो चाय, दो एग रोल, कार में ही देने को बोला है।"

"कार में देने को बोला है! खाने के बाद कार घुमाकर निकल गया तो दो चाय, एग रोल के पैसे तेरा बाप देगा?" सलीम ने छोकरे को बिला वजह

घुड़का।

छोकरा सिटपिटाकर चुप हो गया।

"अंदर ऑर्डर तैयार करा। मैं देकर आता हूँ और कुछ और भी खाने को कहता हूँ। दो चाय, दो एग रोल में ढाबे का ख़र्चा कैसे निकलेगा! धंधे में बरक्कत बनाए रखने के लिए कोई जब कुछ लेने आए तो उसे कुछ और भी बेचने की कोशिश करनी चाहिए।"

छोकरा यूँ सर हिलाकर चला गया जैसे वो ढाबे के धंधे के बारे में कुछ नई, अनोखी जानकारी पा गया था और इसके सदक़े अगले ही महीने अपना ढाबा खोलने में सफल होने वाला था।

सलीम एक ट्रे में चाय और एग रोल्स रखकर कार के नज़दीक पहुँचा। कार के अंदर ढाबे पर लगे बल्बों की हल्की-सी रौशनी ही पहुँच रही थी।

आगे की सीट्स पर एक ख़ूबसूरत, सजा-धजा नौजवान जोड़ा बैठा था जो देखने से ही हालिया शादीशुदा लग रहा था। लड़की ने जीन्स, टॉप और जैकेट के साथ मेहँदी लगे हाथों में चूड़े पहन रखने थे जो कि उसके आधुनिक बहु होने की चुगली कर रहे थे। उस कम रौशनी में भी ये बात सलीम के दिमाग़ में आए बिना न रही कि रात की इस घड़ी भी उसकी सजावट ऐसी थी की किसी पार्टी में भी शरीक होने के लिए उसे अलग से कोई तैयारी नहीं करनी थी। लड़के ने, जो कि ड्राइवर भी था, क़ीमती थ्री पीस सूट पहन रखा था।

"आगे दूर तक कोई और ढाबा नहीं है साहब।" सलीम ने ट्रे लड़के की तरफ़ बढ़ाते हुए कहा, "आप बोलो तो मैं फटाफट कुछ और भी बढ़िया खाने को लाऊँ?"

लड़के ने लड़की की तरफ़ देखा, लड़की ने इनकार में सर हिला दिया।

"नहीं, हमें और कुछ नहीं चाहिए।" लड़के ने भी इनकार में सर हिलाते हुए जवाब दिया।

"अगर आप लोग रेस्ट करना चाहो तो इधर बढ़िया जगह भी है लेटने के लिए, एकदम बेस्टम-बेस्ट जगह है और कूलर का भी इंतज़ाम है।"

"नहीं, दरअसल मेरी बीवी को ड्राइविंग नहीं आती और हमें सुबह छह बजे तक मंज़िल पर पहुँचना है।"

"जी, बहुत अच्छा, जैसी मर्ज़ी आपकी भैयाजी, साठ रुपये हुए जी आपके।" सलीम ने निगाहों से लड़की को तौलते हुए कहा। लालची आँखों में मोटा आसामी मिलने की चमक आ गई थी।

"रख लो।" लड़के ने अपने सूट की जेब से अपना मोटा पर्स बरामद किया और सलीम को सौ रुपये दिए।

सलीम ने झुककर फ़र्ज़ी, फ़रमाइशी सलाम ठोंका और वापस काउंटर पर आ गया। नौजवान जोड़ा कार में ही बैठे-बैठे एग रोल खाता रहा, चाय की चुस्कियाँ लेता रहा। थोड़ी ही देर के बाद कार स्टार्ट होकर मंज़िल की तरफ़ बढ़ गई। कार के ढाबे से निकलते ही सलीम अपने मोबाइल फ़ोन पर झपटा।

***

सरदार की जेब में पड़ा मोबाइल वाइब्रेट होने लगा। जेब से मोबाइल निकालकर देखा तो सलीम का नाम स्क्रीन पर फ़्लैश कर रहा था।

"हूँ।" सरदार ने काल रिसीव करके हुँकारी भरी।

"बोलेनो कार, सिर्फ़ दो लोग, मियाँ-बीवी, मियाँ देखने में मोटा माल और बीवी ताज़ा माल।" सलीम की आवाज़ में हासिल होने वाले माल की प्रत्याशा में लार टपकती साफ़ महसूस हो रही थी।

"कितना टाइम हुआ निकले?"

"बस एक मिनट।"

"रख फिर, तैयारी करने दे।"

"सुन, सुन।"

"बोल।"

"इस बार मैं भी आ रहा हूँ, थोड़ी देर में निकलता हूँ, मैटर ख़तम करने से पहले मेरा इंतज़ार करना।"

"किसलिए? यहाँ तेरा क्या काम!"

"समझ, दावत दोस्तों में मिल बाँटकर खाई जाती है।"

"समझा, लेकिन मुफ़्त की दावत जी का जंजाल भी बन जाती है, अपनी सूखी रोटियाँ ही भली हैं।"

"सरदार, तू बूढ़ा हो गया है।"

जवाब में सरदार ने भद्दी-सी गाली बकी। सलीम हँसा।

"मान ले, हो गया है तू बुड्डा, तेल निकल है तेरी हड्डियों से।" सलीम अभी भी हँस रहा था।

"तो फिर आ, पहली गोली तुझे ही मारता हूँ।" सरदार बनावटी क्रोध से बोला।

"आता हूँ, लेकिन गोली मेरे दावत खाने के बाद मारना।"

कॉल कट गई। सरदार इस तरह शिकार को देर तक ज़िंदा थामे रखने के विचार से ख़ुश नहीं होता था।

जितनी देर शिकार ज़िंदा रहता था उन्हें शिकार और पुलिस की छापेमारी, दोनों तरफ़ से चौकन्ना रहना पड़ता था। लेकिन उसके और किशोरी के अलावा दिलीप, सलीम और सुक्खा का कहना था कि शिकार में इस तरह हाथ लगने वाली शहरी चमड़ी की लज़्ज़त ही कुछ और होती है जो उस इलाक़े में पैसा देकर भी हासिल नहीं की जा सकती थी।

झक मारकर सरदार बाक़ियों के साथ बैठा चुपचाप गाड़ी आने का इंतज़ार करने लगा।

***

सीधी सड़क पर दूर किसी कार की हेडलाइट के दो बल्ब चमके।

"तैयार!" सरदार कड़ककर बोला।

सरदार की आवाज़ सुनते ही सुक्खे ने मोटरसाइकिल किनारे से धकेलकर सड़क के बीच में फेंका और बच्चे के पुतले को सड़क के परले किनारे पर लिटा दिया।

सुक्खा और दिलीप इस किनारे लेट गए और अपने आस पास पैकेट में भरा ख़ून बिखेर दिया। किशोरी पहले ही सड़क के उस पार जा बैठा था।

सरदार साँस रोककर, घात लगाकर बैठ गया।

कार क़रीब आते-आते इस स्वांग से सौ क़दम पहले ही रुक गई लेकिन कोई बाहर ना निकला। प्रत्यक्षतः कार सवार सुनसान सड़क पर ऐसे दिख रहे हादसे को देखने के बाद अपना अगला क़दम निर्धारित कर रहा था।

सरदार चिंतित हो उठा। कार के पीछे ही रुक जाने का मतलब था हर पल उनके लिए ख़तरा बढ़ रहा था। उनके पीछे या सामने की तरफ़ से कोई और गाड़ी आ सकती थी और फिर सारा खेल चौपट हो जाता।

"घेरा डाल।" सरदार चिल्लाया।

सड़क पर गिरे मुर्दों में जैसे जान पड़ गई। किशोरी, सरदार, दिलीप, सुक्खा सब एक साथ अपने अपने हथियार लहराते हुए कार की तरफ़ दौड़े। कार अपनी जगह से एक इंच न हिली। अचानक जैसे जादू के ज़ोर से कार की चारों शीशे नीचे एक साथ हुए और उनके पीछे से महँगी, विदेशी बंदूक़ें उग आईं।

हर खिड़की से दोनों हाथों में थमे हथियारों से बस दो बार 'टैप-टैप' की आवाज़ आई और कार की परछाई को भी छू पाने से पहले सरदार का गैंग सड़क पर धराशाई हो गया।

जैसे अचानक हमला शुरू हुआ था वैसे ही ख़त्म भी हो गया, शैतानों की टोली समझ भी नहीं पाई थी कि कब वो धरती से उठकर अपने बनाने वालों के सामने पेश हो गई थी। हमले की जगह वही थी लेकिन शिकारियों की जगह बदल गई थी।

सड़क अभी भी सुनसान थी।

"दस सेकंड और देखो फिर बाहर निकलो, चारों तरफ़ निगाह रखो, जरा-सी जुम्बिश दिखे फ़ौरन सर में गोली मारो।" कार के ड्राइवर ने, जो अपनी बिरादरी में कप्तान के नाम से बेहतर जाना जाता था, बाक़ियों से कहा।

एक-एक कर कार के चारों दरवाज़े खुले और उनके पीछे से चार इंसानों ने सड़क पर क़दम रखा। ढाबे पर दुल्हन-सी दिखने वाली लड़की ने अपने महँगे दिखने वाले नक़ली ज़ेवर उतार रखे थे और अब वो कहीं से भी मासूम नहीं लग रही थी।

दो नये, कठोर चेहरे पीछे की सीट्स से निकल आए थे।

"देखो कोई ज़िंदा है, बस एक ही ज़िंदा चाहिए।" कार चलाने वाले नौजवान ने बाक़ी तीनों को आदेश दिया।

सबने सर हिलाकर बात समझ जाने की पुष्टि की। सब ठौर मारे जा चुके थे, सर में लगी गोलियों ने उन्हें इतना वक़्त ही नहीं दिया था कि वो अगली साँस ले पाएँ। सिर्फ़ दिलीप में थोड़ी-सी जान बाक़ी थी।

दिलीप औरत के भेष में था, शायद इसीलिए गोली चलाने वाला का निशाना माथे के बीच लगने की जगह कंधे और पेट पर बैठा था।

"क्लियर द स्पॉट, इसको मैं देखता हूँ।" कार चलाने वाले ने अपना अगला हुक्म दनदनाया।

कार से निकले लोगों ने सरदार के गैंग के सदस्यों के मृत शरीरों को सड़क के किनारे उगी झाड़ियों के पीछे खींच लिया। जो लड़की अभी कुछ देर पहले तक किसी अप्सरा-सी शर्मीली दुल्हन मालूम होती थी वो अब चेहरे पर चट्टान जैसी कठोरता लिए किशोरी की बॉडी को पैरों से पकड़कर सड़क के नीचे घसीट ले गई थी। एक ही मिनट के बाद सड़क पर बिखरे हुए ख़ून और एक रुकी हुई कार के अलावा कुछ न था।

कप्तान ने दिलीप के गाल पर ज़ोर-ज़ोर से थप्पड़ मारकर उसको चैतन्य किया।

"और कितने हैं?" कप्तान ने दिलीप को झिंझोड़ा। बहते ख़ून को देखकर आतंकित दिलीप के हवास उड़े हुए थे। निर्दयी हत्यारों की टोली के रंगरूट ने ज़ख़्म देना ही सीखा था, ज़ख़्म जज़्ब करना उसके बस का नहीं साबित हो रहा था।

"हाय मर गया!" जवाब देने की जगह दिलीप चिल्लाया।

"अभी नहीं, अभी मरेगा। जल्दी बोल और कितने हैं?"

"कोई नहीं, कोई नहीं है।" दिलीप चिल्लाया।

"सच बोल।" कप्तान ने अपनी गन की नाल दिलीप के ज़ख़्म में घुसेड़कर उमेठी। दिलीप हलाल होते बकरे-सा तड़पा।

"सलीम, सलीम आएगा अभी।" दिलीप ने दर्द के आगे हाथ जोड़ दिए।

"अभी आएगा? सारा खेल हो जाने के बाद?" कप्तान ने बिना रहम दिखाए गन को घाव में धँसाकर उमेठना जारी रखा।

"हाँ, उसको ढाबा छोड़कर आने में टाइम लगता है।" दिलीप का चेहरा ऐंठने लगा था। दर्द उसके बर्दाश्त के बाहर था, दर्द देने वाला जल्लाद की सीरत रखता था।

"तेरे गिरोह का आदमी एक्शन के वक़्त ढाबे पर बैठता है?"

"उसी का ढाबा है, उसी ने तुम लोगों के आने की ख़बर दी थी।"

"ओह! ये बात! कितनी देर में आएगा?"

"बस आता ही होगा।"

"अब एक बात बता।"

"बोलो, बोलो।" पीड़ा से दोहरा होता जाता दिलीप फिर चिल्लाया।

"पिछले महीने की छब्बीस तारीख़ को, इसी सड़क पर ऐसे ही किसी जोड़े को तुम लोगों ने रोका था?"

"हाँ।"

"सफ़ेद फ़ॉर्च्यूनर? बोनट पर लाल तिकोनी झंडा?"

"हाँ।"

"क्या किया उनके साथ?"

"वही जो तुम लोगो का करते।"

"मार दिया?"

"हाँ, हाँ।" पीड़ा से दोहरा होता दिलीप हर बात फ़ौरन उगलता जा रहा था।

क्रोध और विवशता की अधिकता से कप्तान के हाथ की नसें फूल गईं।

"लाशों... देहों का क्या किया?"

"दफ़न, जंगल में।"

कप्तान के जबड़े कस गए। उसने गन घाव से निकाली, दिलीप के माथे के बीच में रखी और एक बार फ़ायर किया। सुनसान सड़कों पर राहज़नी की दुनिया का अगला सुल्तान बनने का सपना देखने वाला दिलीप सड़क पर ही ऐंठकर ठंडा हो गया।

"ख़त्म?" पीछे से लड़की ने पूछा।

"अभी नहीं, अभी इनका एक मेंबर बाक़ी है जो आने वाला है। पोजीशन ले लो।"

कार से निकले चारों लोगों ने सड़क किनारे की झाड़ियों में वहीं जगह पाई जहाँ कुछ देर पहले सरदार और उसके साथी छुपे हुए थे। सड़क से लाशें, मोटरसाइकिल और बच्चे का पुतला हटाया जा चुका था। उनकी अपनी कार आगे ले जाकर एक पेड़ की आड़ में इस तरह खड़ी कर दी गई थी कि तेज़ रफ़्तार से जाती गाड़ियों की निगाह से बची रहती।

पाँच मिनट बाद ही सलीम की मोटरसाइकिल वहाँ आकर रुकी।

"लगता है गेम निपट गया, कहाँ गए बे सालों?" सलीम बड़बड़ाया।

"सलीम?" कोई झाड़ियों के पीछे से फुसफुसाया, "इधर..."

सलीम ने सर हिलाकर मोटरसाइकिल को बंद किया।

सलीम ने अभी मोटरसाइकिल को साइड स्टैंड पर लगाकर दोनों पाँव बराबर ज़मीन पर रखे भी ना थे कि गोली खाकर मरा पड़ा था।

कप्तान ने जेब से स्मार्टफ़ोन निकालकर बारी-बारी से हर लाश के चेहरे की फोटो खींची और उसको एक ख़ास नंबर पर 'आपके गुनाहगार' के कैप्शन के साथ भेज दिया।

सरदार का गैंग कहाँ जानता था कि जिस जोड़े को वो हंसों का जोड़ा समझ रहे थे वो दरअसल मगरमच्छ की अपनी औलाद निकल जाएगी।

"बॉस के बेटे और बहू की लाश!" लड़की ने कप्तान से पूछा।

"वो हम नहीं लेकर जा सकते। ये जंगल है, मिट्टी के अंदर लाशें डिकम्पोज होनी शुरू हो चुकी होंगी। ऐसी हालत में पहुँच चुकी लाशें लेकर चलने का मतलब डेड बॉडीज़ को बॉस के साथ-साथ अम्मा जी के सामने भी रखना होगा जो कि उनकी हालत देखकर मुझे सही नहीं लगता। याद रखना, ये बात सिर्फ़ हम चारों के बीच रहनी चाहिए। अम्मा के लिए छोटे बाबू और बहूजी घर छोड़कर जाने के बाद अब हमेशा गुम ही रहेंगे।"

"ठीक कहते हो।"

"हमारा काम ख़त्म हुआ, अपने निशान मिटाओ और निकलो यहाँ से।" कप्तान का आदेश पाते ही बाक़ी तीनों मशीनी अंदाज़ में आदेश का पालन करने में जुट गए।

***

फ़ोन की बीप से शक्तावत स्टेट के मास्टर बेडरूम में लेटे हुए बुज़ुर्ग आदमी की तंद्रा टूटी।

फ़ोन पर उसके ख़ास आदमी का भेजा संदेश चमक रहा था। उसने हर फ़ोटो को एक बार ध्यान से देखा, 'आपके गुनाहगार' को दो-तीन बार पढ़ा और फिर पूरा मैसेज डिलीट करके वापस लेट गया।

"क्या हुआ?" बग़ल लेटी हुई महिला नींद में ही कुनमुनाई।

"कुछ नहीं, सो जाओ।"

नींद की दवा के असर में उनींदी महिला फिर से सो गई।

"मैं आपकी दुनिया की काली परछाईं भी अपने परिवार पर नहीं पड़ने देना चाहता।" उसके कानों में अपने बेटे की आख़िरी आवाज़ गूँजी, "मैं आपकी इस दुनिया से इतना दूर चला जाना चाहता हूँ जहाँ मैं एक आम आदमी की सुकून की ज़िंदगी जी सकूँ"

"कहाँ जी पाया बेचारा", शक्तावत स्टेट का सबसे बूढ़ा, सबसे मज़बूत स्तंभ उस दिन दरक गया था, "जाने किस पागल ने समझा दिया था कि आम आदमी की ज़िंदगी में सिर्फ़ सुकून होता है।"

बाभन का आशीर्वाद

"ख़बरदार, अगर भागने की कोशिश की तो टाँग तोड़ दूँगा।"

धमकी इतनी सख़्त और आवाज़ इतनी कड़क थी कि आम के पेड़ पर चढ़े लड़के की रूह काँप गई। नीचे देखा तो आमों के बाग़ के मालिक राजाराम त्रिपाठी आस्तीनें ऊपर चढ़ाए, कंधे पर लाठी रखे हुए उसी को घूर रहे थे।

राजाराम त्रिपाठी के आमों का बाग़ पूरे इलाक़े में अपनी मिठास के लिए मशहूर था और इस मिठास की मशहूरी गाहे-बगाहे नई उम्र के लड़कों को उस बाग़ में अनाधिकृत रूप से घुसने के लिए मजबूर कर ही देती थी। वैसे तो उन मीठे आमों के चक्कर में इलाक़े के पकी उम्र के लोग भी रहते थे मगर चोरी करते पकड़ लिए जाने पर राजाराम त्रिपाठी आदमी की बड़ी फ़ज़ीहत करते थे इसलिए सयाने बाग़ में ख़ुद घुसने की जगह छोटे बच्चों को आगे भेजते थे।

"उतर नीचे।" राजाराम त्रिपाठी पेड़ पर चढ़े लड़के को लाठी दिखाते हुए गरजे।

तक़रीबन दस-ग्यारह साल का, घुँघराले बालों वाला गोरा लड़का सहमकर, चुपचाप उतरकर एक किनारे खड़ा हो गया। तोड़े गए आम उससे से भी पहले ज़मीन पर आ गए थे।

"कपड़े-लत्ते से तो अच्छे घर का लगता है, चोरी करते शर्म नहीं आती?" राजाराम त्रिपाठी ने डपटकर पूछा।

"ग़लती हो गई, मुआफ़ कर दीजिए।" लड़का मिमियाया।

"मुआफ़! अभी जब लाठी से हड्डी तोड़ी जाएगी तब माफ़ी भी मिल

जाएगी उसी के साथ। क्यों चुरा रहा था आम? किससे पूछकर घुसा बाग़ में?" राजाराम त्रिपाठी अपने बाग़ को अपनी औलाद-सा चाहते थे।

लड़का चुप खड़ा रहा।

"अरे बोल, अब मुँह में दही जमाकर खड़ा है?" राजाराम त्रिपाठी ने कड़ककर अपना सवाल दुहराया।

"मैं दरअसल परली तरफ़ से गुज़र रहा था।" लड़के ने अटक-अटककर बोलना शुरू किया, "इधर से पके आमों की महक आ रही तो..."

"तो! ये तूने सोचा कि आम चुरा लेने में क्या है? है न, इस गाँव का तो नहीं लगता तू। किसके घर का लड़का है?"

"यहाँ मेरे नाना का घर है।"

"कौन नाना?"

"डॉक्टर आसिफ़, उधर गल्ला मंडी वाले रास्ते में उनका क्लिनिक है।"

राजाराम त्रिपाठी एक क्षण के लिए किंकर्तव्यविमूढ़ हो गए, लाठी अपने-आप ही नीचे हो गई।

"तू डॉक्टर आसिफ़ का सगा नाती है?" राजाराम त्रिपाठी ने लड़के को ध्यान से देखते हुए पूछा।

"हाँ।" लड़के को समझ में नहीं आया कि अपने नाना का नाम बताकर अपने लिए मुसीबत बढ़ा ली है या घटा ली है। "दो लाठी मार ले वही ठीक है, नाना से शिकायत की तो नाना के साथ-साथ माँ के सामने भी बहुत शर्मिंदगी उठानी पड़ेगी।" लड़का नाना से होने वाली शिकायत और अपनी अम्मी के ग़ुस्से के प्रकोप को सोच-सोचकर शर्म से पानी-पानी होता ज़मीन में गड़ा जा रहा था।

***

"सुनो माहरुख़, मेरा एक काम कर दोगी?" राजाराम त्रिपाठी ने स्कूल की सीढ़ियों से अकेली उतरती माहरुख़ को पीछे से आवाज़ देकर रोक लिया।

"क्या?" माहरुख़ फ़ौरन सीढ़ियों पर ही खड़ी हो गई थी।

"मेरी साइंस वाली फ़ाइल बना दोगी?"

दरअसल, फ़ाइल तो सिर्फ़ बहाना था, असल बात यह थी कि दसवीं के इम्तेहान शुरू होने वाले थे।

माहरुख़ से बात करने लिए राजाराम त्रिपाठी के पास ये आख़िरी मौक़ा था, क्योंकि लड़कियों का तो एग्ज़ाम सेंटर उसी कॉलेज में ही 'होम सेंटर' रहता था मगर लड़कों का एग्ज़ाम सेंटर किसी दूर के इंटर कॉलेज में पड़ता था। उसके बाद आगे की पढ़ाई के लिए राजाराम का इलाहाबाद जाना पहले से तय था।

"हम क्यों बनाएँ?" माहरुख़ ने तड़ से पूछा।

"ताकि हम फ़ेल ना हों।" राजाराम त्रिपाठी को कोई और जवाब न सूझा।

"उससे हमें क्या मिलेगा?" माहरुख़ कम न थी।

"बाभन का आशीर्वाद मिलेगा।" बउरहे थे राजाराम त्रिपाठी, जिससे प्रेम करते हैं उसे बुज़ुर्गों की तरह आशीर्वाद देने की गुस्ताख़ी भला कौन करता है!

"आशीर्वाद नहीं चाहिए, अपने बाउजी के बाग़ के आम लाने पड़ेंगे।"

"अरे, अभी आम कहाँ पके हैं, अभी तो बस अमियाँ लगनी शुरू हुई हैं।"

"अरे जो भी है, बोलो मंज़ूर है?" माहरुख़ ने सवाल किया

"ठीक है।" राजाराम त्रिपाठी को तो उसे बस दो घड़ी सुकून से मिलकर उसे देखने के ख़याल से ही बाक़ी दुनिया का हाल भूल गया था।

"एक, दो नहीं पूरे पाँच किलो लाना पड़ेंगें, सोच लो।" माहरुख़ हँसी।

राजाराम त्रिपाठी बाग़-बाग़ हो गए।

"पाँच किलो! इतना आम लेकर हम घर से कैसे आएँगे? आ भी गए तो यहाँ कॉलेज में सब गेट पर ही लूट लेंगे।" राजाराम त्रिपाठी ने शंका प्रकट की।

"और अगर हम कॉलेज में तुम्हारी फ़ाइल बना देंगे तो रुबीना वग़ैरह भी हमसे उनकी फ़ाइल बनाने के लिए नहीं कहेंगी क्या?" माहरुख़ ने अपनी युकेलिप्टस-सी पतली कमर पर दोनों हाथ रखकर सवाल दागा।

"फिर?"

"पूरे बुद्धू हो क्या! कॉलेज में लाने के लिए किसने कहा? तुम हमें चुपके से देना।" माहरुख़ ने हसरत से राजाराम त्रिपाठी को देखते हुए कहा, "जहाँ कोई हमें देखने वाला ना हो।"

"क्या करोगी इतनी अमियाँ का?" प्रेम में फिसला इंसान कुछ-कुछ बौड़म-सा हो ही जाता है मगर राजाराम त्रिपाठी इलाक़े के बौड़मों के सरदार

से ताज छीन लेने को उतारू थे उस दिन।

"अचार की दुकान खोलेंगे, तुमसे मतलब?" माहरुख़ कुछ चिढ़कर बोली।

माहरुख़ तो चली गई मगर अपने ही बाप के बाग़ से पाँच किलो अमियाँ चुराना राजाराम त्रिपाठी के लिए भी हँसी खेल न था। बात तय हुई कि अमियों और फ़ाइल की अदला-बदली तीन दिन बाद, शाम को नदी की तरफ़ जाने वाली पगडंडी पर होगी।

तय वक़्त पर राजाराम अपने ही बाग़ से चुराई हुई, अंदाज़े से पाँच किलो अमियाँ बटोरकर उस पगडंडी पर खड़े थे। ईश्वर ही जानता है कि तीन दिनों तक ये गठरी छुपाकर रखने में राजाराम त्रिपाठी को कितनी दिक़्क़त हुई थी।

कुछ ही देर में राजाराम त्रिपाठी को इधर-उधर देखती हुई माहरुख़ आती हुई दिखी। आज उसका रूप कुछ अलग लग रहा था। फ़िरोज़ी रंग का कुरता, सफ़ेद सलवार-दुपट्टा, बेपरवाही से झूलते हुए चेहरे पर बार-बार आ जाने वाले सुनहरे बाल और कानों में लाल नग से जड़े चाँदी की बालियाँ, राजाराम त्रिपाठी का सारा ईमान- ध्यान माहरुख़ की सौ-सौ बल खाती चाल देख जाता रहा।

"कैसी हो?" पास आ गई माहरुख़ की आँखों में लगी पतली-सी काजल की लकीर को देखते हुए राजाराम त्रिपाठी ने पूछा।

"तुम बताओ?" माहरुख़ ने राजाराम त्रिपाठी के होंठों की कोर पर उगते मोटे रोओं को देखते हुए पलटकर पूछ लिया।

"मैं भी अच्छा हूँ।" राजाराम त्रिपाठी ने झोंक में जवाब दिया और भूल गए कि माहरुख़ का सवाल उनकी बाबत नहीं बल्कि उनके नाम से तैयार हुई माहरुख़ के लिए ही था।

कैसे पता होता! प्रेयसी से बातों की अगर कहीं कोई विवरणिका, कोई सारिणी छपी थी तो वह राजाराम त्रिपाठी के हाथ अब तक नहीं लगी थी।

वैसे भी, प्रेम मैन्युअल देखकर कहाँ किया जाता है! प्रेम इतना नैसर्गिक, इतना स्वाभाविक और सहज होता है जैसे फागुन के बाद आम के पेड़ों पर बौरों का लगना।

"ये लो।" माहरुख़ ने रोल की शक्ल में दुपट्टे में छुपाए हुए पन्ने

निकालकर उसकी तरफ़ बढ़ा दिए।

"ये तो सिर्फ़ पन्ने हैं!" राजाराम ने शिकवा किया।

"फ़ाइल ख़ुद ख़रीद कर लगा लेना इनमें, हम इतनी बड़ी फ़ाइल कैसे छुपाकर ला पाते?"

"अच्छा, कोई बात नहीं, ये रही तुम्हारी अमियाँ।"

राजाराम त्रिपाठी के अनाड़ीपन से चिढ़ी माहरुख़ अमियाँ देखकर भी ख़ुश नहीं हुई, लेकिन राजाराम त्रिपाठी का मन रखने के लिए बस दो अमियाँ उठाकर उनमें से एक खाना शुरू कर दिया।

"मीठी है।" माहरुख़ ने होंठों को गोल करके कहा।

"पता है कितनी मेहनत से तोड़कर लाया हूँ, कहीं बाबूजी देख लेते तो हड्डी पसली एक कर देते।" राजाराम त्रिपाठी अपनी ही झोंक में बोले जा रहे थे, "सारी फ़ाइल पूरी है न?"

माहरुख़ ने आहत भाव से राजाराम की तरफ़ देखा।

जिस व्यक्ति को प्रेम पाने की आकांक्षा हो उसे सबसे पहले प्रेम से बात करने का सलीक़ा सीखना चाहिए।

राजाराम त्रिपाठी इस सहज, शाश्वत ज्ञान से रिक्त थे।

"हमें फ़ौरन घर जाना है, इसलिए इसको अभी अपने पास रखो, बाद में देना।" बची हुई वो एक अमियाँ भी वापस गठरी में रखकर माहरुख़ वापस जाने को पलट गई।

"फिर हमसे इतनी मेहनत क्यों कराई?" झल्लाकर, चिल्लाकर राजाराम त्रिपाठी ने जाती हुई माहरुख़ से पूछा लेकिन वो बिना मुड़े चली गई।

माहरुख़ समझ गई थी कि इस डगर पर हमसफ़र साथ नहीं, पीछे ही चलेगा। राजाराम त्रिपाठी ने सारी बची हुई अमियाँ पगडंडी के किनारे फेंक दी। किस मुँह से घर वापस लेकर जाते और क्या जवाब देते! लेकिन उस दिन के बाद राजाराम त्रिपाठी, माहरुख़ का चेहरा कभी नहीं देख पाए।

किसी ने माहरुख़ के घर पर ख़बर कर दी थी कि डॉक्टर की लड़की किसी लड़के से शाम के धुंधलके में छुपकर मिलती है। सुना है पिटी भी थी, अगर लड़के का नाम बता देती और लड़के के घर पर शिकायत हो जाती तो शायद राजाराम त्रिपाठी के बाप भी राजाराम की हड्डियाँ तोड़ने में कोई

कसर नहीं छोड़ते।

दो मिनट की मुलाक़ात अफ़साना बन गई।

माहरुख़ के घर वाले आते-जाते बाज़ार में दिखते थे लेकिन राजाराम की कभी हिम्मत नहीं हुई उनके सामने जाकर यह कहने की कि वो लड़का मैं ही था जिसकी वजह से आप लोगों ने अपनी ही बेटी को परायों की तरह पीटा था।

***

"मैं जाऊँ?" लड़के के सवाल ने राजाराम त्रिपाठी को स्मृति की गलियों से निकालकर वापस वर्तमान में खड़ा कर दिया।

"तुम्हारे अब्बू का नाम सलमान है?" राजाराम त्रिपाठी ने लड़के को हाथ के इशारे से क़रीब बुलाया।

"जी।"

राजाराम त्रिपाठी ने लड़के की शक्ल में माहरुख़ का चेहरा ढूँढने की कोशिश की लेकिन माहरुख़ का वो चेहरा तो शायद अब उन्हें ख़ुद भी याद नहीं था, या लड़का पूरी तरह अपने बाप की शक्ल पर गया था।

राजाराम ने अपने हाथ से अपने पिता के बाग़ के, जो अब उनके पिता की मृत्यु के बाद उनका हो गया था, सबसे उम्दा, सबसे अच्छे से पके आम तोड़े, एक झोले में ऊपर तक भरा और लड़के को थमा दिए।

"ये घर ले जा बेटा, और, अगली बार जब भी आम खाने हों तो सामने से आना, बाड़ कूदकर नहीं।"

"शुक्रिया! लेकिन घर में जब अम्मी पूछेंगी कि इतने आम कहाँ से मिले तो क्या कहूँगा?" लड़के ने दोनों हाथों से झोले को पीठ पर लादते हुए पूछा।

आमों के वज़न ने लड़के की पीठ झुका दी थी लेकिन इस बात ने लड़के के उम्दा आम पा जाने के उत्साह पर कोई प्रभाव नहीं डाला था।

"माहरुख़ से कहना..." राजाराम ने लड़के के माथे पर गिर आई लट को स्नेह से व्यवस्थित किया, "... एक बाभन का आशीर्वाद मिला है।"

सुनसान सड़क के धंधे

शरीफ़, आम कामकाजी इंसान रात में सुनसान सड़कों पर भटकने से परहेज़ करता है, क्योंकि उसे अपने साथ हादसा हो जाने का ख़तरा होता है। लेकिन जो ना शरीफ़ गिनती में आए ना आम कामकाजी की गिनती में, उसे सुनसान सड़कें अपने धंधे के लिए सबसे मुफ़ीद जगह लगती हैं।

शहर की सस्ती कॉलगर्ल गिनी जाने वाली पिंकी को शहर से बाहर निकल रही सड़क अपने धंधे के लिए मुफ़ीद लगती थी।

वैसे तो शहर में स्टेशन के किनारे वाला फ़ुटओवर ब्रिज और सिटी सेंटर का सर्किल धंधे वालियों के लिए सेफ़ जगह मानी जाती थी लेकिन पिंकी ने अपने लिए यह जगह बहुत सोच-विचारकर चुनी थी।

धंधे में उसकी उम्र के साथ-साथ उसके लिए कम्प्टीशन भी बढ़ता जा रहा था।

इस धंधे में हर दूसरे हफ़्ते नई लड़कियाँ शामिल होती रहती थीं, कुछ उसकी तरह की प्रोफ़ेशनल होती थीं जिन्हें घर की मजबूरी, प्यार में धोखा या सड़क पर किडनैपिंग के ज़रिये इस धंधे में धकेला जाता था और कुछ कॉलेज की वो स्टूडेंट्स होती थीं जिन्हें अपनी ऐशो-आराम की ज़िंदगी के ख़र्चे पूरे करने के लिए यह सबसे आसान रास्ता लगता था। वो बिना किसी दबाव के इस धंधे में आती थीं, ज़्यादातर लोन ऑपरेटर के तौर पर काम करती थीं और दो-तीन साल काम करके अंत में कोई मोटा मुर्ग़ा फाँस, सुशील विवाहिता के रूप में सभ्य समाज में स्थापित हो जाती थीं।

पिंकी के लिए इस सुनसान सड़क पर उसके धंधे में कम्पटीशन कम था।

"ए... चलेगी?" कानों में ईयरफ़ोन लगाकर गाने सुनते हुए ग्राहक का इंतज़ार करती हुई पिंकी के सामने आकर रुकी कार में से कार का ड्राइवर पैसेंजर साइड का शीशा नीचे करके उससे पूछ रहा था।

जवाब देने से पहले पिंकी कार की खुली हुई खिड़की पर कुहनियाँ टिकाकर, पर्याप्त झुककर खड़ी हुई ताकि कार के ड्राइवर को उसकी लो कट ड्रेस से छलकती हुई उसकी पुष्ट, भरी हुई दुकानदारी का भरपूर नज़ारा मिल पाता।

भोंदू-सा दिखने वाला, अधेड़ उम्र का कार ड्राइवर इतने में ही निहाल हो जाता दिखा।

"चल।" पिंकी ने होंठों का पॉउट बनाकर ड्राइवर की तरफ़ हवाई चुम्बन उछालने का एक्शन करते हुए सामने सड़क की तरफ़ इशारा किया।

"कितना?"

"दो हज़ार, वन नोट फ़ॉर वन गो... और, बिना प्रोटेक्शन कुछ नहीं होगा।"

"बीमारी से डरती है?"

"सेफ़्टी हमेशा माँगता है बॉस, अपने लिए भी, तुम्हारे लिए भी।"

"अच्छा करती है, बीमार बॉडी कौन माँगता है!" ड्राइवर ने सहमति में सर हिलाया।

"कोई नहीं।"

"मैं भी बीमार बॉडी नहीं माँगता।"

"बढ़िया! जगह है? अगर नहीं है तो उसका हज़ार रुपया एक्स्ट्रा लगेगा।"

हज़ार रुपये में शहर के तमाम होटलों में उसका पहले से सेट किया हुआ कमरा भी बहुत आसानी से मिल जाता था लेकिन उसमें से सात सौ तो होटल का मालिक ही पिंकी से फ़ौरन, बेमुरव्वती से झटक लेता था।

"जगह का ख़र्चा काहे का।" कार वाला हँसा, "बीवी अपने भाई की सगाई में गई है। मेरा घर ख़ाली है। साला रेड का भी डर नहीं रहेगा उधर मुझे।"

डरने वाले ग्राहक पिंकी को हमेशा से पसंद थे।

नाज़ुक वक़्त में ऐसे ग्राहक से अक्सर वो तय रक़म से ज़्यादा झटक

लेती थी, ऊपर से मौक़ा मिलने पर वो उनके घर के छोटे-मोटे सामान जैसे अँगूठी, चेन वग़ैरह भी चुरा लेती थी। शर्म का मारा ग्राहक चोरी की रिपोर्ट दर्ज कराने पुलिस के पास जाने की हिम्मत नहीं जुटा पता था। ये तो वैसे भी कोई चुगद-सा, दिन भर एसी ऑफ़िस में बैठने वाला कोई एग्ज़ीक्यूटिव या व्यापारी लग रहा था।

"ओय, सिंगल सवारी बोल के उधर मजमा तो नहीं लगाएगा?" पिंकी ने सशंक भाव से पूछा।

उसे एक वक़्त में एक से ज़्यादा ग्राहकों से ऐतराज़ नहीं था लेकिन उस स्थिति में उसे मौजूदा ऑफ़र विड्रॉ करके डील को रीनेगोशिएट करना पड़ता।

"पागल है क्या! अपना काम अकेले का है, मजमा लगाना, भीड़-भड़क्का मुझे पसंद नहीं, ज़्यादा लोगों में बात खुलने का डर रहता है न। गुनाह भी करो, गवाह भी रखो, ये तो नादानी है।" कार वाले ने जवाब दिया।

"मंज़ूर, कितनी दूर है तेरा घर?" पिंकी को अपना आज का नया ग्राहक पसंद आया।

"बस यहीं पास में ही है, सात आठ किलोमीटर।" कार के ड्राइवर ने सामने सीधी जाती सड़क की तरफ़ हाथ से इशारा किया।

"फिर तो तुझे या तो काम होने के बाद मुझे वापस इधर छोड़ना पड़ेगा या टैक्सी के लिए तीन सौ रुपये एक्स्ट्रा देना पड़ेगा।"

"बहुत भाव ताव करती है भई तू। आठ किलोमीटर के लिए तीन सौ रुपये कौन-सी टैक्सी लेती है?" कार के ड्राइवर ने हैरान होकर दिखाया।

"मैं लेती है ना।" पिंकी ने अपनी दुकानदारी का डिस्प्ले काउंटर हिलाकर दिखाया, "बढ़िया भाव देगा तभी तो बाद में बढ़िया ताव देखेगा ना।"

"बहुत महँगी टैक्सी हैं फिर तो तू।" ड्राइवर अश्लील भाव से हँसते हुए बोला।

"राइड में फ़ुल कम्फ़र्ट की भी तो गारंटी है न बॉस। लॉन्ग ड्राइव में भी ज़बरदस्त माइलेज।" पिंकी ने अपने शरीर को एक ख़ास अदा से झटककर कार वाले की अश्लील हँसी में साथ दिया।

कार वाला भी हो-हो करके हँसा, हाथ बढ़ाकर कार की खिड़की पर टिके हुए डिस्प्ले आइटम्स के जोड़े में से एक को परखा, दबोचा और इत्मिनान

से तौला।

"पसंद आई तू मुझे, आजा मेरी गाड़ी में बैठ जा।" कार वाले ने तरन्नुम में गुनगुनाते हुए पैसेंजर साइड का दरवाज़ा खोल दिया।

पिंकी ने ईयरफ़ोन को मोबाइल के इर्द-गिर्द लपेटकर मोबाइल अपने ऑफ़िस बैग जैसे दिखते भारी बैग में रखा और कार में जा बैठी।

"प्रोटेक्शन?" पिंकी ने कार वाले की जाँघ निःसंकोच थपथपाते हुए पूछा।

"आगे मेडिकल शॉप मिलेगी, मैं गाड़ी थोड़ा पहले ही रोक दूँगा।" कार वाले ने अपनी शर्ट की जेब में पड़ा दो सौ का नोट निकालकर उसकी तरफ़ बढ़ाया, "तू जाना और आज अपनी पसंद का फ़्लेवर लेकर आना।"

"मैं! काहे?" पिंकी शंकित हुई।

"जब तू जा रही होगी तो मैं तुझे पीछे से देखूँगा।" कार वाला एक आँख दबाकर हँसा।

"हरामी साला!" पिंकी उसका मतलब समझकर मुस्कुराई।

"गाली मत बक।" कार वाले ने गाड़ी आगे बढ़ाई, "और सस्ता वाला मत लेना, ख़रीद से जो बचे वो तेरा।"

ग्राहक की ऐसी जनरस तबियत देख पिंकी की बाछें खिल गईं।

***

"घर तो अच्छा है तेरा।" गैरेज में ही बने साइड डोर से घर में घुसते हुए पिंकी ने कार के ड्राइवर से कहा, "अच्छी कमाई लगती है तेरी।" कस्टमर की मक्खनबाज़ी, तारीफ़ और उसकी हैसियत का अंदाज़ा लगाना उसके काम का हिस्सा था।

"बस ख़र्च चल जाता है।" कार वाला जैसे शर्माते हुए बोला।

हालाँकि, कमरे के कोने में लगी कैबिनेट में सजी महँगी शराब की बोतलें बता रही थी कि कम-से-कम सिर्फ़ 'ख़र्च चल रहा है' जैसा हाल उस घर के मालिक का नहीं था।

"क्या करते हो?" पिंकी ने शेल्फ़ से एक बोतल उठा ली। पैकिंग पर तीन हज़ार की क़ीमत पड़ी हुई थी।

"बिज़नसमैन हूँ, लाइफ़ इंश्योरेंस का धंधा करता हूँ, जब लोग मर जाते

हैं तो उनकी वजह से चार पैसे मुझे भी मिल जाते हैं।"

"मरने की बात क्यों करते हो, मेरे साथ वक़्त गुज़ारकर तो देखो, मैं तो मुर्दों में ज़िंदगी की लहर दौड़ा देती हूँ।" पिंकी ने बोतल वापस शेल्फ़ पर रख दी।

"ज़रूर, मुझे यक़ीन है तेरी बात पर।" कार वाला पास पड़े सोफ़े पर पसर गया।

"तो, शुरू करें?" पिंकी ने पैर से सैंडल निकालते हुए अर्थपूर्ण ढंग से पूछा।

"अभी रुको।"

"रुको!" पिंकी ने सस्ती, अश्लील हँसी भरी, "अब तो मैं ही हर किसी को 'रुकने' को बोलती थी, आज तू मेरे को रुकने के लिए बोल रहा है?"

कार वाला भी हँसा, "हाँ, मेरे अंदर सब्र ज़्यादा है, इसीलिए तो आज तक पकड़ा नहीं गया।"

"पकड़े जाने से डरता है?"

कार वाला और ज़ोर से हँसा "बहुत, पकड़ा गया तो समझो फाँसी लग जाएगी, मरना कौन चाहता है वक़्त से पहले?"

"कोई नहीं।"

"ख़ैर छोड़ो, ये मरने-मारने की बात से मूड ऑफ़ हो गया, आ एक-एक ड्रिंक करते हैं पहले... लेती तो है न?"

काम के दौरान ड्रिंक करने से पिंकी परहेज़ करती थी। दारू उसे तेज़ चढ़ती थी और नशे में उसका हालात से कंट्रोल हट जाता था जिसका नतीजा अक्सर कम कमाई की शक्ल में सामने आता था। लेकिन ये कार वाला उसे डिसेंट लग रहा था।

"मैं शराब छोड़ के सब कुछ लेती है।" पिंकी हँसी, "लेकिन आज एक छोटा-सा, सिर्फ़ तेरे साथ के लिए, वरना ऐसे मैं पीती नहीं हूँ। समझा ना, पसंद आया तू मेरे को। आज सिर्फ़ तेरा साथ देने के लिए मैं ले लूँगी।"

"हाँ भई, सिर्फ़ साथ के लिए, पीकर टुन्न हो गई तो मेरे को पता कैसे चलेगा कि मुर्दों में ज़िंदगी की लहर कैसे दौड़ती है।" कार वाले ने सोफ़े से उठकर पिंकी के पुट्ठे पर एक च्यूँटी कसी और कोने वाली कैबिनेट से विस्की

की बोतल, दो गिलास, एक प्लेट में भुने हुए काजू उठा लाया।

"कोई नौकर-चाकर नहीं रखते?" पिंकी ने घर के बाक़ी कमरों में आदमज़ात के मौजूद होने के बारे में निश्चिंत होना चाहा।

"रहता है, लेकिन होने वाले गुनाह का गवाह रखना कहाँ की समझदारी है? इसलिए ऐसे टाइम पर उसकी पहले ही छुट्टी कर देता हूँ।"

"वाह! नाम क्या है तेरा?"

"विश्वास।"

"चुन के नाम रखा गया है तेरा, विश्वास को दुनिया में किसी पर भरोसा नहीं!"

कार वाला सिर्फ़ मुस्कुराया।

"ये जाम विश्वास के नाम।" पिंकी ने अपना जाम वाला हाथ ऊँचा किया।

दोनों ने चियर्स करके गिलास को अपने-अपने होंठों से लगा लिया।

जाम चलते रहे।

बातें चलती रहीं, सुरूर चढ़ता गया।

पिंकी की आँखे बंद हो गईं।

***

कमरे में भरपूर दूधिया रौशनी फैली हुई थी जो पिंकी को अपनी आँखे में गड़ती हुई महसूस हो रही थी।

पिंकी को धीरे-धीरे याद आया कि पहला पैग ख़त्म होने के दौरान ही उसकी आँखे झपकने लगी थी। कब उसने होश खोए और कब वो उस सजे-धजे ड्राइंगरूम से इस मकबरे जैसे सन्नाटे वाले कमरे में आ गई थी, उसे कुछ भी याद नहीं आ रहा था।

पिंकी ने उठने की कोशिश तो पाया उसके हाथ-पैर लेदर स्ट्रैप से एक मेटल टेबल से बँधे हुए थे जो देखने में किसी सरकारी हॉस्पिटल के स्ट्रेचर जैसा लग रहा था। स्ट्रेचर का ठंडा मेटल उसके दिमाग़ को तेज़ी से वापस होश में लाने की कोशिश कर रहा था लेकिन तेज़ नशा उसे पूरी तरह जागने भी नहीं दे रहा था।

बिना पलस्तर के दीवारों वाले कमरे में भरी सीलन, उमस और सीढ़ियाँ

बता रही थीं कि इस वक़्त वो किसी इमारत के बेसमेंट में है।

"आ गया होश तुझे? लगता है डोज़ हल्की रह गई थी।" कार वाला बग़ल में पड़ी फ़ोल्डिंग कुर्सी से उठकर उसके पास आ गया।

"काहे बाँध रखा है मुझे?" पिंकी ने गला फाड़कर चिल्लाने की कोशिश तो लगा जैसे ज़ुबान पर गोंद लिथड़ी हुई है, "साले, अपनी डील सीधे तरीक़े की थी। मुझे तेरा स्टाइल पसंद नहीं आया। खोल मुझे।"

"मैं खोलूँ! खोलने के लिए ही तो डॉक्टर का इंतज़ार कर रहा हूँ।" कार वाला मुस्कुराया।

"साले, हरामीपंथी करता है मेरे साथ, एक कस्टमर की बात हुई थी।"

"कस्टमर! पागल है तू? मैं तो बिज़नसमैन है, कस्टमर की तो कोई बात ही नहीं हुई थी अपने बीच।"

"काहे का बिज़नसमैन?"

"बॉडी ऑर्गंस का।"

पिंकी को अपना ख़ून पानी होता लगा। फ़ौरन उसकी समझ में आ गया कि आज की रात उसके लिए क़हर की रात साबित होने वाली थी।

"पता है कितनी महँगाई है आजकल? और, क्या रेट चल रहा है बॉडी पार्ट्स का! बॉडी फ़िट हो, हेल्दी हो तो एक ही बार में लाखों का वारा-न्यारा।" कार वाला अपनी ही झोंक में बोलता जा रहा था।

"बीमार बॉडी कौन माँगता है?" पिंकी के कानों में कार वाले की कही हुई बात गूँजी। उसे अपने पेट में गोला-सा बनता हुआ महसूस होने लगा।

"मुझे ज़िंदा रहने दे। देख तुझे पैसे चाहिए, मैंने देती है न।" पिंकी तवे पर पड़ी मछली की तरह तड़पी, गिड़गिड़ाई।

कार वाला हो-हो-हो करके हँसा।

"कितना देगी? हज़ार? दस हज़ार? एक लाख? तेरी एक किडनी के ही मुझे चार लाख मिलेंगे।"

"लोग मर जाते हैं तो उनकी वजह से चार पैसे मुझे भी मिल जाते हैं।" पिंकी के कानों में फिर से उसकी आवाज़ गूँजी।

"देख मुझे जाने दे, मैं नहीं लौटी तो मेरे साथ वाले फ़ौरन पुलिस को बता देंगे। फिर ज़्यादा देर तक ये बात छुपी नहीं रहेगी कि सड़कों पर कोई सनकी

आदमी कॉल गर्ल्स का क़त्ल कर रहा है।"

"सनकी! क़ातिल! तू समझी नहीं। मैं कोई क़ातिल नहीं, बिज़नसमैन हूँ, सिर्फ़ बिज़नसमैन। तेरे पास कुछ आइटम्स हैं, तेरी किडनी, तेरी आँखें जो मेरे क्लाइंट्स को चाहिए, अभी डॉक्टर आएगा, वो तेरे को चीरकर सारे वाइटल ऑर्गंस निकलेगा और आगे बेच देगा, चार पैसे का मुनाफ़ा मुझे भी हो जाएगा।"

"तू पकड़ा जाएगा।"

"काहे ? कैसे ? तेरे कहने भर से मैं सनकी हो गया ? तू वाक़ई समझती है कि पुलिस तेरे जैसी दो टके की लड़की के पीछे अपना वक़्त बर्बाद करेगी ? वाक़ई! और फिर मेरी सप्लाई क्या सिर्फ़ तेरी जैसी कॉल गर्ल्स की मोहताज है ? सड़क पर घूम रहे भिखारी, अकेले सो रहे मज़दूर, फुटपाथ पर टल्ली होकर लुढ़के हुए आदमी के बॉडी ऑर्गंस बाक़ी दुनिया के लोगों के बॉडी ऑर्गंस से कुछ अलग होते हैं ? लाखों के आबादी वाले इस शहर में, महीने, दो महीने में एक कॉल गर्ल या एक भिखारी ग़ायब हो जाता है तो कौन ध्यान देता है ?"

पिंकी को साक्षात काल सामने दिख रहा था।

"मेरे अंदर सब्र ज़्यादा है, इसीलिए तो आज तक पकड़ा नहीं गया।"

सामने खड़ा कार वाला उसे अब कोई चुगद नहीं बल्कि जलते सींगों वाला कोई राक्षस दिख रहा था जो उसके शरीर में अपने दाँत गड़ाकर उसके प्राण हर लेने वाला था।

"प्लीज़ जाने दे मुझे, मैं हाथ जोड़ती हूँ तेरे, पाँव पड़ती हूँ तेरे, जाने दे मुझे।"

कार वाले ने जेब से सिगरेट निकालकर सुलगा ली और धुएँ का ग़ुबार पिंकी के मुँह पर छोड़ा।

"और, अपना धंधा ख़राब कर लूँ ?"

"ये धंधा नहीं गुनाह है।" पिंकी गला फाड़कर चिल्लाई।

"ऐसा तू सोचती है, क्योंकि टेबल पर तू लेटी है। तेरा मेरा धंधा एक जैसा है। तू अपना जिस्म बेचती है, मैं तेरा जिस्म बेच रहा, बस तरीक़े का फ़र्क़ है।"

पिंकी अब हिचकियाँ लेकर रोने लगी थी।

"तू मरेगा, जाने दे मुझे, किसी ने मुझे आते हुए देखा होगा। मैं बाहर नहीं निकलूँगी तो वो ही पुलिस को ख़बर कर देगा।"

कार वाला ठठाकर हँसा।

"तूने देखा नहीं था क्या कि कार की डोम लाइट बंद थी और तू गैराज में उतरकर सीधे इस घर में घुसी थी? पागल है साली, कहती है, किसी ने देखा होगा।"

"गुनाह भी करो, गवाह भी रखो, ये तो नादानी है।" पिंकी के दिमाग़ ने उसे कार वाले की बात याद दिलाई।

"तू साले, तू फिर भी पकड़ा जाएगा। मैंने सुना है पुलिस मोबाइल से लोकेशन ट्रेस कर लेती है।"

"ठीक सुना है, वैसे तुझे याद है कि जब तू अपना सरकारी नौकरी करने वाली अधेड़ औरतों के झोले जैसा बैग कार की सीट पर छोड़कर मेडिकल शॉप में प्रोटेक्शन लेने गई थी, तब से तेरा मोबाइल कहाँ है?"

"क... क... कहाँ है?" पिंकी को याद नहीं आया कि गाड़ी में वापस आने के बाद उसने फ़ोन इस्तेमाल किया था या नहीं।

"मुझे क्या पता कहाँ है? तेरा फ़ोन था, तेरी ज़िम्मेदारी थी सँभालकर रखना।" कार वाले ने लापरवाही से कंधे उचकाकर एक कश और लिया, "मैंने तो उसे वहीं, तेरे बैग से निकालकर सड़क के किनारे फेंक दिया था।"

पिंकी का जी चाहा कि अपनी इस जानलेवा मूर्खता पर उठकर वो ख़ुद को ही दो-चार झापड़ मार ले।

कार वाले के मोबाइल पर बीप हुई। वो बाहर निकल गया।

थोड़ी-सी देर में कार वाला एक और आदमी के साथ वापस कमरे में दाख़िल हुआ जिसके हाथ में डॉक्टर के औज़ारों वाला बक्सा-सा था और चेहरे पर वाइट कॉलर जॉब वाली स्वाभाविक सौम्यता मौजूद थी।

कार वाले ने तीन चार हरे, नीले रंग के डिब्बे थाम रखे थे जो शायद बॉडी ऑर्गन को प्रिज़र्व करने के काम में आते थे।

"डॉक्टर, तुम अपना काम शुरू करो।" कार वाला ने सिगरेट बुझा दी।

उसके साथ आया आदमी मुस्कुराते हुए औज़ारों का बॉक्स खोलने में जुट गया।

कार वाला पिंकी के ऊपर झुक गया।

"सुन..." कार वाला उसके कान में फुसफुसाया, "ऊपर वाले को अपने क़ातिल के बारे में क्या बोलेगी?"

"क... क्या?" डर से अब तक जड़ हो चुकी पिंकी भी फुसफुसाई।

"बोलना 'विश्वास' ने मारा है।"

डॉक्टर ने पिंकी के हाथ में सुई चुभो दी। पिंकी की आँखें बंद होने लगीं।

एक बार फिर से धोखा देने में कामयाब हो गए विश्वास की हँसी पूरे बेसमेंट में गूँज रही थी।

इश्क़ यूँ ही

हिंदुस्तान में इश्क़ की हर दास्तान लड़के और लड़की के टकराने से, किताबों के गिरने-उठाने और मुस्कुराने से ही तो शुरू नहीं होती। कुछ इश्क़ की कहानियाँ ऐसी भी होती हैं जिनकी शुरुआत इससे कहीं ज़्यादा सादा तरीक़े से होती हैं।

मैंने पहली बार उसे अपने नये कॉलेज की कैंटीन में ही देखा था, बल्कि ये कहना ज़्यादा सही होगा कि उसने ही पहले मुझे देखा था।

मैं, गाँव से आया चुगद-सा लड़का, शहर के तौर-तरीक़ों से क़त्तई वाक़िफ़ नहीं था। नये-नये रास्ते, नये तौर तरीक़े, नये लोग, यूँ समझिए कि वो इक नई ही दुनिया थी मेरे लिए जहाँ लड़का-लड़की के आपस में हाथ डालकर घूमने पर कोई भवें टेढ़ी नहीं करता था, जहाँ लोग सुबह नौ बजे तक सो सकते थे, ताज़ी हवा का ठिकाना सिर्फ़ पार्क थे और सड़कों पर आदमियों से ज़्यादा गाड़ियाँ दौड़ती थीं।

हर तरफ़ तेज़ी, हर तरफ़ आज़ादी।

यूँ तो बड़े शहर में अकेले रहकर पढ़ने में आज़ादी तो ज़रूर रहती है, किसी का टोकना नहीं, कोई बंदिश नहीं मगर दोपहर में जब भूख लगती है तो माँ के हाथ का बना टिफ़िन नहीं दिखता इसलिए शिद्दत की भूख लगने पर ख़ुद से तैयार किया हुआ टिफ़िन ले जाने या कैंटीन की शरण में जाने के अलावा कोई और रास्ता नहीं बचता।

मेरे गाँव के स्कूल में कैंटीन जैसा कुछ होने का तो कोई रिवाज था नहीं, बस स्कूल के गेट के बाहर ही एक सस्ती चाय की दुकान होती थी जिस पर

कभी-कभी हमारे स्कूल के गुरुजी लोग भी चाय पीने आ जाते थे और उनके आते ही हम लोग इज़्ज़त से अपनी सीट ख़ाली कर निकल लेते थे। उस चाय की दुकान के परली तरफ़ एक छोटे से खटोले पर बिसातख़ाने-सी सजी हुई दुकान हुआ करती थी जिसकी मालकिन एक जर्जर तबियत वाली बुढ़िया हुआ करती थी। क्या-क्या नहीं रहता था उसके उस छोटे से खटोले पर, नमकीन, मीठे बिस्कुट, टॉफ़ियाँ, दो-चार पेंसिलें, वग़ैरह-वग़ैरह।

मगर उनमें इस शहरी कॉलेज की कैंटीन जैसा जगमग कुछ भी ना होता था। यहाँ तो काउंटर के ऊपर लगे साइन बोर्ड में दिख रहे आइटम्स पढ़ने में ही मुझे दो-तीन मिनट लग गए थे।

यहाँ सामान लेने के लिए लाइन में लगना पड़ता था, जैसे पुरानी हिंदी फ़िल्मों में जेल के क़ैदियों को अपनी-अपनी तश्तरी में खाना पाते हुए देखा था। मैं भी सबकी देखा-देखी लाइन में खड़ा हो गया।

"दो ब्रेड पकौड़े और एक चाय दीजिए।" मैंने काउंटर के पार खड़े अधेड़ की तरफ़ जब सौ का एक करारा नोट बढ़ाया तो अपने पीछे खड़े लड़कों को ऑर्डर रिपीट करके सुनाने के लिए खुला हुआ उसका मुँह खुला ही रह गया।

"टोकन कहाँ है ?" उसने मुझसे यूँ घूरकर पूछा जैसे मैं रात-बिरात किसी बदनाम जगह में घूमता हुआ धर लिया गया हूँ और अब मेरी शिनाख़्त के लिए उसके सामने कोई सरकारी आई कार्ड पेश होना ज़रूरी था।

"टोकन!" मैं ठहरा चुगद (मेरे तायाजी ने ये नाम दिया था मुझे) मुझे क्या पता था कि शहर की दुकानों पर सामान लेने के लिए कोई टोकन भी लेना पड़ता है।

"जाओ, पहले वहाँ से टोकन लेकर आओ, नेक्स्ट..." अधेड़ ने मेरे ऊपर मेहरबानी दिखाते हुए दूसरी तरफ़ जाने का इशारा किया जहाँ पहले ही दस बारह बच्चे लाइन में लगे हुए थे।

"देखिए, पैसे हैं मेरे पास, आप ब्रेड पकौड़े और चाय दे दीजिए, दस मिनट में क्लास शुरू हो जाएगी और टोकन के चक्कर में क्लास छूट जाएगी" मैंने उन्हें स्थिति समझाने की कोशिश की मगर अब शायद उनके हाथ से भी सब्र की डोर छूट रही थी। कॉलेज कैंटीन का सारा खेल ही टाइमिंग का जो

होता है।

"अरे जाओ पहले वहाँ से टोकन लेकर आओ, नेक्स्ट..."

"सुनिए अंकल, ये लीजिए टोकन और इनको सामान दे दीजिए मैं बाद में ले लूँगी।"

मेरी जगह कोई भी होता तो उसका भी भरोसा ऐसी बात सुनकर इस बात से उठ जाता कि अभी भी दुनिया में कलयुग ही चल रहा है। मेरे ठीक पीछे आइस ब्लू कलर की जीन्स और सामने दो फ़्लैप पॉकेट वाली सफ़ेद शर्ट में खड़ी लड़की ने अपने हाथ में पकड़ा हुआ टोकन उस काउंटर वाले अंकल जी को दे दिया और मेरे कुछ कहने से पहले ही टोकन लेने वाली लाइन में खड़ी हुई एक लड़की की तरफ़ बढ़ गई।

"ये लो।" अधेड़ ने मेरी तरफ़ जब दो ब्रेड पकौड़े और चाय बढ़ाई तब जाकर मेरी तंद्रा टूटी।

मैं सारा सामान लेकर वापस मुड़ा तो उसने बिना कुछ कहे, बिना कुछ पूछे मेरे हाथ में थमी प्लेट में से एक ब्रेड पकौड़ा उठा लिया और खाने लगी। मैं मुँह बाए-सा खड़ा उसे देखने लगा।

"अब क्या हुआ?" वो बोली, लगा जैसे कहीं बग़ल में किसी छोटी बच्ची के पैरों में बँधी हुई पायल के छोटे-छोटे घुँघरू बजे हों।

"वो... ये... आप ज़रा ये दोनों पकड़िए, मैं आपको पैसे देता हूँ, थैंक यू!" मैंने प्लेट और चाय का कप उसकी तरफ बढ़ाया ताकि जेब से पैसे निकाल सकूँ।

"अच्छा!" उसने जवाब में अपनी आँखे बड़ी कर ली।

कसमिया कह सकता हूँ कि उससे साफ़-शफ़्फ़ाक़ आँखे मैंने आज तक किसी की नहीं देखी।

"इट्स ओके, एक ब्रेड पकोड़ा ही तो है। इसकी कोई ज़रूरत नहीं। तुम्हारी क्लास शुरू होने वाली है, और मेरी अगली क्लास ख़ाली है इसलिए मैं वेट करना अफ़ोर्ड कर सकती हूँ। यू गॉट इट?" उसने कमान-सी भवें तानकर पूछा।

"हाँ, मेरा मतलब यस, यस।" मैं चुगद तो था, लेकिन इतना बड़ा नहीं कि बेकार की बहस करके अपनी क्लास छोड़ देता।

अगले दिन मैंने उसे फिर कॉलेज और कैंटीन में खोजा मगर वो नहीं मिली। तीन दिन बाद मैंने उसे कैंटीन में ही कोने की मेज़ पर दो और लड़कियों के साथ बैठे हुए देखा। पहले हिचका, मगर ग़ैरत का अपना तक़ाज़ा था सो उसकी मेज़ के पास पहुँचा।

"ये आपके पैसे।" मैंने जेब से निकाले हुए नोट उसकी तरफ़ बढ़ाए तो उसकी बड़ी-बड़ी आँखें और बड़ी होते देखकर सिटपिटा गया।

"वो, दरअसल आपने मेरी चाय के पैसे दिए थे न उस दिन।"

"ओ अच्छा, वो पैसे।" उसने पैसों की बात को सिरे से नज़रअंदाज़ कर दिया, "चाउमीन खाओगे?"

उसकी सहेली उसी वक़्त चाऊमीन की प्लेट्स के साथ वापस लौट आई थी।

"नहीं, मैं दरअसल..."

लेकिन मेरी बात पूरी होने से पहले ही उसने अपनी और बाक़ी दोनों सहेलियों की प्लेट से थोड़ी-थोड़ी चाउमीन किनारे से निकालकर, काग़ज़ की एक साफ़ प्लेट में रखकर मेरी तरफ़ बढ़ा दी।

"नहीं-नहीं, मैं चाउमीन नहीं खाता।"

"अरे खा लो, खाने के साथ नखरा नहीं करते। खा लो, चाउमीन खाने से चाइनीज़ थोड़े हो जाओगे।" उसके साथ की लड़कियाँ यूँ हँस पड़ीं जैसे मेरा चाइनीज़ हो जाना कोई रोज़मर्रा की बात हो।

मुझे मजबूरन उसके सामने बैठना ही पड़ा और फिर उसके सामने बैठा ही रह गया। वो दिन है और आज का दिन है, कैसे वो कैंटीन की मामूली-सी मुलाक़ात ज़िंदगी भर का साथ बन गई, पता ही नहीं चला। आज भी जब उसको मुझे तपाना होता है तो बच्चों के सामने ही कह देती है कि 'पता है तुम्हारे पापा कितने क़ाबिल थे! कैंटीन में टोकन लेना तक तो आता नहीं था।' और जब भी उसकी कोई नई रेसिपी ट्राई करने से कतराता हूँ तो आँखे बड़ी-बड़ी करके कहती है, 'खा लो, चाइनीज़ थोड़े हो जाओगे।'

होनी और अनहोनी

शाम का वक़्त था, घर में मेहमानों की गहमागहमी मची हुई थी। बाहर लाउडस्पीकर पर ज़ोर-शोर से ख़ुशी के गीत बज रहे थे।

राजेश्वरी के घर पर उसके लड़के के मुंडन के उपरांत कथा रखी गई थी जिसमें शाम को दावत पर पूरे गाँव को खाने के लिए न्योता था राजेश्वरी ने, और बुलाती भी क्यों न! आख़िर जैसी दिव्य सुंदरता की धनी राजेश्वरी थी वैसा ही सुंदर, सुकुमार, गोरा चिट्टा उसका लड़का भी था। घर के सामने से गुज़रने वाले राही उसकी मोहनी सूरत देखकर उस पर रीझ-रीझ जाते थे, माताएँ बलैया लेते नहीं थकती थीं, और लड़कियाँ उसे देखकर वैसे ही पुत्र की कामना करती नहीं अघाती थीं।

"अरे भैया, ज़रा जल्दी-जल्दी हाथ चलाना, मेहमान आने शुरू हो गए हैं, और देखना कि खीर के स्वाद में कोई कमी न रहने पाए।" राजेश्वरी भंडारे पर लगे आदमियों को हिदायत देकर आने वाले मेहमानों के स्वागत के लिए द्वार पर आ गई। उसका पति पहले ही मेहमानों और दावत की व्यवस्था के बीच एक पाँव पर नाच रहा था।

"स्वर्णा नहीं आई?" राजेश्वरी के पति, हेमंत, ने उसके क़रीब आकर पूछा।

"आए, न आए, मेरी बला से। मुझे तो तुम्हारी वजह से उसको न्योतना पड़ा वरना मैंने तो पहले ही कहा था कि सिर्फ़ माँ और बाउजी को ही बुलाना।" राजेश्वरी ने स्वर्णा का नाम सुनते ही मुँह बिचका दिया।

राजेश्वरी और स्वर्णा दोनों सगी बहनें थीं लेकिन मजाल क्या थी कि कोई

अनजान आदमी दोनों को सिर्फ़ देखकर यह बता सकता हो।

राजेश्वरी अपने नाम के अनुरूप रूप, रंग, चाल-ढाल से ही किसी राजे रजवाड़े, ऊँचे ख़ानदान की कन्या प्रतीत होती थी। उसके व्यवहार में एक स्वाभाविक शाइस्तगी थी जो देखने वाले को अपनी तरफ़ खींच लेती थी। ईश्वर ने राजेश्वरी को इलाक़े के सुंदरतम पुत्र के प्रसाद से नवाज़ा था।

वहीं स्वर्णा रंग-रूप में अपने नाम के सर्वथा विपरीत थी। गहरा, पक्का रंग और उस पर से त्वचा की काले मोती-सी चमक उसे राजेश्वरी से विपरीत ध्रुव पर खड़ा कर देती थी। उम्र में स्वर्णा बड़ी थी लेकिन शादी ब्याह के लिए जो भी आता राजेश्वरी को पसंद कर जाता था। एक समय के बाद तो जब भी कोई स्वर्णा को देखने आता राजेश्वरी को कमरे से बाहर न निकलने की ताकीद जारी कर दी जाती थी।

लेकिन स्वर्णा के लिए फिर भी कोई घर, वर मिलना मुश्किल रहा। जो भी आता, वह रंग देखकर ही वापस हो जाता। जो टिकता वो दहेज की इतनी बड़ी लिस्ट पेश करता जैसे गुलाबी नोटों से मल-मलकर नहलाने से ही स्वर्णा का रंग गुलाबी किया जा सकता हो।

दिन, महीने और महीने साल में बदलते जा रहे थे।

राजेश्वरी की उम्र भी अब ब्याह के उचित दिनों की दहलीज़ पर दस्तक देने लगी थी लेकिन जब तक स्वर्णा का ब्याह ना हो जाता तब तक राजेश्वरी का ब्याह होना उन दोनों के माता-पिता की निगाह में उचित नहीं था।

उनका भय भी वाजिब था, एक तो उसका गहरा रंग ऊपर से छोटी बहन का ब्याह पहले हो जाने पर स्वर्णा के लिए लड़का ढूँढना उनके लिए और भी दुष्कर कार्य हो जाता।

इसलिए दोनों का ही ब्याह टलता जा रहा था और राजेश्वरी के मन में स्वर्णा के लिए प्रेम कम होता जा रहा था।

वास्तव में राजेश्वरी को हेमंत से प्रेम था।

विवाह के लिए हेमंत का राजेश्वरी पर दबाव बढ़ता जा रहा था और यहाँ स्वर्णा की शादी की वजह से उनके माता-पिता इस बात को किसी ख़ातिर में लाने को तैयार नहीं थे।

दैवयोग से, किसी दूर के भले रिश्तेदार की मदद से आख़िरकार, स्वर्णा

को अपने से पंद्रह साल बड़ा पति मिला जिससे उसे संतान सुख की प्राप्ति कभी न हुई। क़िस्मत उसे अभी तक अपने रंग रूप के लिए ताने सुनने पर मजबूर करती थी पर अब तो नियति ने उस पर बाँझ होने का भी कलंक मढ़ दिया था।

यह समाचार सुनकर राजेश्वरी को हार्दिक ख़ुशी हुई थी। बचपन से ही वो स्वर्णा को एक बहन की जगह चिर प्रतिद्वंद्वी के तौर पर ही देखती थी।

राजेश्वरी जहाँ रूप की खान थी तो स्वर्णा बुद्धि की धनी थी। स्कूल-कॉलेज का ऐसा कोई साल नहीं रहा जब स्वर्णा ने विद्यालय के प्रथम तीन विद्यार्थियों में अपनी जगह न बनाई हो। उसके माता-पिता के लिए स्वर्णा और राजेश्वरी दोनों ही एक जैसी थीं।

पालक भी भला अपने पाल्यों में कहीं भेद करते हैं! उन्हें पता था कि स्वर्णा के बारे में वो कुछ नहीं कर सकते थे लेकिन वो चाहते थे कि राजेश्वरी भी अपनी बड़ी बहन की तरह विद्यार्जन पर भी ध्यान दे। राजेश्वरी को यह तुलना ज़हर लगती थी और वो मौक़े-बेमौक़े स्वर्णा को यह जताने से नहीं चूकती थी कि अपने तमाम गुणों के बावजूद स्वर्णा को अपने जीवन में सुख के लिए सदैव तरसते ही रहना था।

शैतान ने उसकी बात सुन ली थी। विवाह के तीन वर्ष बाद ही स्वर्णा का पति फेफड़ों की बीमारी से ग्रस्त होकर एक रात खाँसते-खाँसते मर गया। जो काम उसके रंग और बेमेल विवाह ने भी ना किया था, वो अब उसके असमय वैधव्य ने कर दिया था।

अब राजेश्वरी की नज़र में वह मनहूस भी थी जिसकी छाया भी उसके परिवार पर नहीं पड़नी चाहिए। इस बात का सबसे भीषण एहसास राजेश्वरी ने अपनी बड़ी बहन को तब कराया था जब अपने पुत्र के जन्म पर उसने स्वर्णा की गोद में एक क्षण के लिए भी अपने पुत्र को जाने नहीं दिया था। तब इस अपमान से क्षुब्ध स्वर्णा उसी शाम राजेश्वरी के घर से चली गई थी।

पाँच सालों तक दोनों बहनें एक-दूसरे की शक्ल देखने से भी दूर रहीं। पति की मृत्यु के बाद स्वर्णा वापस अपने मायके चली आई थी।

हेमंत के दबाव देने पर राजेश्वरी आज के लिए स्वर्णा को न्योता देने के लिए तैयार हुई थी। हेमंत के विचार से जब आज के उत्सव के लिए राजेश्वरी

के माता-पिता आमंत्रित थे तो उसी घर में रह रही स्वर्णा को भी बुलाना लोक के नियमों के अनुरूप था।

राजेश्वरी सप्रयास ख़ुद को इस बात के लिए राज़ी कर पाई थी। इसके पीछे उसकी अपनी दबी हुई कलुषित इच्छा भी थी। वो अपनी बहन को अपने वैभव और सौभाग्य से चकित कर अपने सुख का भौंडा प्रदर्शन भी करना चाहती थी। आख़िर बचपन से उसकी एक ही तो प्रतिद्वंद्वी थी।

"आ गई।" हेमंत ने राजेश्वरी के कान में कहा, राजेश्वरी वर्तमान में लौट आई।

सामने दरवाज़े पर स्वर्णा और उसके माता-पिता खड़े थे। राजेश्वरी ने लपककर अपने माता-पिता के पैर छुए और स्वर्णा की तरफ़ देखा। छोटी बहन के मन में बड़ी बहन की आँखों में जलन देखने की उत्कंठा थी, बड़ी बहन की आँखें ऐसे किसी भाव से ख़ाली थीं।

राजेश्वरी के बालक ने आकर नाना-नानी के पैर छुए, मौसी को प्रणाम किया। स्वर्णा ने बालक को दुलारने के लिए हाथ आगे बढ़ाया तो बालक स्वाभाविक रूप से उसकी ओर बढ़ गया।

"अगर तुम काली ना होती तो तुम्हारी भी शादी किसी उचित वर के साथ हो जाती। फिर तुम भी वैधव्य की जगह सुहागन होने का सुख भोगती और तुम्हारी गोद में तुम्हारा अपना एक ऐसा ही बालक होता। लेकिन होनी को कौन टाल पाया है! है ना दीदी?" राजेश्वरी ने बड़ी बहन को कुटिल भाव से देखते हुए कहा।

राजेश्वरी की बात में हज़ार भालों-सी शक्ति थी, स्वर्णा का हृदय छलनी हो गया। लेकिन यह बात, जिसने जीवन में कभी अपनी बहन की सद्भावना न समझी, वो क्या समझती।

"सही कहती हो बहन, होनी तो हमेशा होकर रहती है।" स्वर्णा ने स्थिर स्वर में उत्तर दिया।

स्वर्णा अपनी बहन के सामने से हटकर उस तरफ़ बढ़ गई, जहाँ मेहमान खा-पी रहे थे।

***

रात का एक बजने वाला था जब महिलाओं की टुकड़ी के बीच से

निकल रही राजेश्वरी को बदहवास-सा हेमंत उसी ओर आता हुआ दिखा।

"क्या हुआ?" राजेश्वरी ने घबराकर पूछा।

"बड़ी गड़बड़ हो गई है, लोग उल्टियाँ कर रहे हैं।" हेमंत ने माथे का पसीना पोंछते हुए जवाब दिया।

"हे प्रभू! क्या खाना ख़राब था?" राजेश्वरी चिंतित हो उठी।

"पता नहीं, शायद कारीगरों ने पैसे बचाने के लिए ख़राब सामान से खाना बना दिया है।"

"ओह्ह! अब क्या होगा?" राजेश्वरी ने अनायास ही अपने बालक को अपने और क़रीब खींच लिया।

"डॉक्टर को बुलवाया है, वही आकर लोगों को कोई दवा वग़ैरह देगा।"

बालक ने राजेश्वरी का पल्लू खींचा। बालक का चेहरा दर्द से विदीर्ण हो रहा था। राजेश्वरी के होश उड़ गए।

"डॉक्टर को बुलाओ हेमंत, अभी।" राजेश्वरी चिल्लाई।

बालक ने ज़मीन पर उल्टी कर दी थी और अब रह-रहकर अपने हाथ पाँव पटक रहा था। हेमंत बाहर की ओर भागा।

राजेश्वरी बच्चे के हाथ-पाँव मसल ही रही थी कि उसे भी अपने पेट में गोला बनता महसूस हुआ। अगले ही क्षण वह भी ज़मीन पर गर्म रेत पर पड़ी मछली जैसी तड़प रही थी।

स्वर्णा दौड़ती हुई आई और बालक का गंदगी में सन गया मुख साफ़ करने लगी।

"दीदी, देखो क्या हो गया मेरे बालक को।" ज़मीन पर पड़े-पड़े ही राजेश्वरी ने स्वर्णा से मनुहार की। परम संकट के समय इंसान घोर शत्रु से भी सहायता की आस लगा लेता है।

स्वर्णा बालक को कुछ क़दम दूर लेकर बैठ गई और अपने पल्लू से उसका मुँह पोंछ दिया।

"जाने किसकी नज़र लग गई मेरे बालक को, हाय!"

स्वर्णा ने बालक का मुँह राजेश्वरी की तरफ़ घुमाया और हँसी, जैसे यम के दूत हँसते होंगे किसी महापापी के प्राण हरते समय। ग़ुस्से में भरकर राजेश्वरी का ख़ून खौल गया।

"सब्र रखो बहन, होनी को कौन टाल सकता है?" स्वर्णा ने बालक की ठुड्डी हिलाते हुए जैसे बालक से सवाल किया।

"क्या अनाप-शनाप बकती हो?" राजेश्वरी उस हाल में भी क्रोध से चिल्ला पड़ी। देह की पीड़ा उसे उठने नहीं दे रही थी वरना वह अपने दोनों हाथों से स्वर्णा का मुँह नोच लेती।

"देखो न, अब इसने हाथ पैर ढीले छोड़ दिए हैं। थोड़ी देर में इसका हर कष्ट ख़त्म हो जाएगा।"

"कमीनी, छोड़ मेरे लाल को..." देह में बची-खुची शक्ति को एकत्रित कर वह स्वर्णा की तरफ़ बढ़ी, स्वर्णा ने उसे एक हाथ से ऐसे किनारे धकेल दिया जैसा अपने सामने से उसका अस्तित्व का होना ही खारिज कर रही हो।

"जानती हो बहन होनी किसे कहते हैं? प्रारब्ध में लिखी जिस घटना पर अपना कोई बस ना हो, जैसे मेरा काला होना मेरे बस में ना था, मेरे पति का मरना मेरे बस में ना था, मेरे कोई औलाद का न होना मेरे बस में ना था, पर मेरी कष्टों में मेरी साथिन बनना तेरे बस में था। लेकिन तू मेरी सगी, माँ जायी बहन होकर भी साथिन की जगह नागिन बनी रही। हमेशा मेरे ज़ख़्मों पर नमक मलती रही। जानती हो बहन अनहोनी किसे कहते हैं? अपने मन का न होना, अनहोनी होता है।" स्वर्णा बालक का सर अपनी जाँघ पर रखकर धीरे-धीरे हिला रही थी, जैसे माताएँ अपने बच्चे को जल्दी सुलाने के लिए करती हैं।

"क्या किया तूने?" राजेश्वरी फिर से अपने बच्चे की तरफ़ लपकती हुई जैसे फुँफकारी।

"मैंने? जो किया तूने किया बहन, तूने मेरे ज़ख़्म पर मिर्चे रगड़ने का कोई मौक़ा ना छोड़ा। हर बार तूने मुझे एहसास दिलाया कि मेरा इस दुनिया में होना ही मेरा जुर्म था। मैंने सोचा था कि पाँच सालों में तू बदल गई होगी, जैसी भी है, मेरी छोटी बहन है। लेकिन आज भी तूने मुझे ख़ून के आँसू रुलाने का मौक़ा नहीं छोड़ा। आज तक जो भी किया, तूने किया बहन, मैंने तो सिर्फ़ आज किया, और सिर्फ़ इतना किया कि तेरी दावत की दाल में ज़हर मिलाया।"

"कमीनी... कमीनी... मेरे लाल को कुछ हुआ तो मैं तुझे कच्चा खा जाऊँगी।" राजेश्वरी ने आर्तनाद किया।

"अब तो जो होना था वो हो गया मेरी बहन, देख।" स्वर्णा ने बालक

का चेहरा हाथों में लेकर राजेश्वरी की तरफ़ घुमाया, "... देख न, नब्ज़ रुक गई है, आँखें उलट गई हैं, साँस नहीं आ रही इसे, होनी को कौन टाल सकता है ? ना मैं अपनी होनी टाल पाई थी, ना तू अपनी अनहोनी टाल पाई।" बालक ज़मीन पर शांत होकर चित्त पड़ा था। राजेश्वरी दहाड़ें मारकर रोने लगी। स्वर्णा ने बालक को धीरे से ज़मीन पर लिटा दिया। स्वर्णा ने राजेश्वरी और मृत बालक को स्थिर भाव से घूरती रही। बाहर से रोने पीटने की आवाज़ें आने लगी थीं।

"प्यारी बहन, अब ख़ुश रहना।" स्वर्णा ने अपनी पोशाक में से ज़हर की शीशी बरामद की और एक झटके में उसे पीकर ख़ाली शीशी राजेश्वरी की तरफ़ लुढ़का दी।

थोड़ी देर में बालक के ही बग़ल में स्वर्णा का शरीर भी शांत पड़ा था। राजेश्वरी अपने संबंधों की हत्या करने के बाद अपने संबंधियों की मृत देहों के बीच पड़ी अभी भी चीख़ रही थी।

मनहूस पेन

नये हाईवे के ठीक सामने बने इस पुराने इंटर कॉलेज में ज्वॉइन करने के पहले ही दिन यहाँ के प्रिंसिपल श्री दीनानाथ मिश्रा जी ने शुरुआती, औपचारिक बातचीत के बाद खँखारकर गला साफ़ करते हुए विपुल से कहा था।

"अध्यापक की नौकरी का ये आपका पहला अवसर है। आपने अपनी प्रतिभा से इस पद को हासिल किया है लेकिन हर काम की कुछ व्यावहारिक बातें होती हैं जो किसी पाठ्यक्रम में नहीं सिखाई जा सकती हैं, वह काम करते-करते ही सीखी जा सकती हैं इसलिए इस विद्यालय का प्रिंसिपल और उम्र में आपसे बड़ा होने की वजह से मैं आपको एक गंभीर सलाह देना चाहता हूँ।"

"जी सर, आप आदेश करें।" विपुल सकुचाया-सा बोला।

बचपन से आधुनिक शहर में पले-बढ़े विपुल को यहाँ के माहौल को देखकर पहले ही असहज महसूस हो रहा था, ऊपर से नई-नई नौकरी में कोई रोबदाब वाला बॉस मिल गया हो तो आदमी वैसे ही थोड़ा दबा, डरा रहता रहता है।

"आप नौजवान हैं, अविवाहित भी।" दीनानाथ मिश्रा जी की आवाज़ से विपुल की तंद्रा टूटी, "उम्र के इस पड़ाव में आदमी में जोश मेरे जैसे वृद्ध की तुलना में स्वाभाविक रूप से थोड़ा ज़्यादा होता है। नौजवानी में आदमी काम पहले कर गुज़रता है और नतीजे पर बाद में ध्यान देता है और नतीजतन कई बार अपने लिए गड्ढा खोद लेता है। ये इलाक़ा, जिसमें ये विद्यालय है, बहुत पिछड़ा हुआ है, आर्थिक, सामाजिक और मानसिक तीनों रूप से। यूँ

कहें की उजड्डों का इलाक़ा है, जहाँ हर बाशिंदे के अंदर राजनीति का कीड़ा है। आपको मेरी सलाह है कि छात्रों के साथ जहाँ तक हो सके सिर्फ़ डाँट फटकार से ही काम चलाने की कोशिश कीजिएगा, मारने पीटने से भरसक परहेज़ कीजिएगा क्योंकि यहाँ का सिस्टम कुछ ऐसा है कि ज़रा-ज़रा-सी बात पर स्टूडेंट के घर वाले, गाँव वाले ज़रूरत से ज़्यादा सख़्त टीचर को घेर लेते हैं। बाक़ी का स्टाफ़ लोकल ही है, इसलिए उनके लिए ये बातें हैंडल करना आसान है। आप शहर से आए हैं, बाहरी हैं, इसलिए अपने विवेक का इस्तेमाल करते हुए अनुशासन बनाए रखिएगा और दूसरी बात, जब भी संवाद कीजिए, छात्राओं से दो हाथ की दूरी बनाकर ही बात कीजिएगा।"

"जी!" अब तक उनकी बात ध्यान से सुनता हुआ विपुल उनकी आख़िरी लाइन सुनकर अचकचा गया, "आपको मेरे व्यवहार में क्या कुछ कमी दिखी, सर?" उसने आहत भाव से पूछा।

"नहीं, पर टीचर का जीवन सफ़ेद चादर सरीखा होता है। टीचर को अगर अपने सब्जेक्ट का ज्ञान न हो, उसमें व्यावहारिक या चारित्रिक दोष हो तो एक बार भले ही वो अधिकारियों या उसके अधीनस्थों से छुप जाए पर उसकी कक्षा के बच्चों से नहीं छुप सकता और फिर इतने बड़े विद्यालय में एक भी टीचर की ग़लती पूरे विद्यालय का नाम सालों तक ख़राब कर सकती है। आप मेरी बात का बुरा ना मानें, मैंने आपको यह सिर्फ़ किसी विषम परिस्थिति से बचे रहने के लिए ही बताया है।" दीनानाथ मिश्रा जी ने पितातुल्य स्नेह से कहा।

विपुल ने उनकी बात को मान लिया और इस क़दर मान लिया कि तीसरे साल में ही वह विद्यालय के बच्चों में अच्छा-ख़ासा लोकप्रिय हो गया था। उसका शहरी रखरखाव और अंग्रेज़ी का सब्जेक्ट सहज ही उस इलाक़े के छात्रों को आकर्षित कर लेता था।

बच्चे विपुल में टीचर, बड़े भाई, गार्जियन, आइडियल और जाने क्या-क्या देखते थे।

आज वैलेंटाइन के दिन क्लास में घुसते ही क्लास के सभी बच्चों ने खड़े होकर सस्वर 'हैप्पी वैलेंटाइन डे, सर्र' का उद्घोष किया और पीछे की किसी बेंच से छोटा-सा केक निकालकर विपुल की मेज़ पर उसके सामने रख दिया

जिस पर सुंदर कर्सिव हैंडराइटिंग में 'हैप्पी वैलेंटाइन डे विपुल सर' लिखा हुआ था।

दूर देश के अनजाने वैलेंटाइन ने अपने पैर पसारकर हिंदुस्तान के क़स्बों और छोटे-छोटे गाँवों तक ख़ुद को फैला लिया था।

लोग भले ही वैलेंटाइन के पीछे की कथा जानते हों या ना जानते हों पर अपने देश में मदनोत्सव की परंपरा भूल जाने के बाद धीरे-धीरे आ गई सामाजिक वर्जनाओं की बंदिश से एक दिन के लिए आज़ाद महसूस करने का अच्छा मौक़ा समझकर इसे हाथों-हाथ ले लिया था।

सयानों ने इस प्रणय निवेदन वाली बेला को माता-पिता, टीचर, पड़ोसी वग़ैरह सबसे जोड़कर इसे सामाजिक मान्यता दिलवाने में अहम भूमिका निभाई थी।

"केक! यहाँ क्लास में!" विपुल ने अचरज से पूछा।

"सर, प्लीज़ सर, छोटा-सा तो है सर, सिर्फ़ आपके लिए ही इतनी दूर से लाए हैं।" तीन-चार बच्चों ने मनुहार की।

"प्लीज़ सर!"

"प्लीज़ सर, खा लीजिए सर।"

क्लास के हर कोनों से बच्चों की मनुहार भरी आवाज़ आने लगी। ग्यारहवीं के बच्चे टीनेज के उस दौर में आ चुके होते हैं जहाँ उन्हें अपनी बात मनवाने के दस तरीक़े आते हैं।

विपुल ने जल्दी से केक, जो कि वस्तुतः एक छोटे साइज़ की निहायत उम्दा स्वाद वाली पेस्ट्री थी, को खाकर ख़त्म कर दिया। बच्चों का अपने प्रति ये लगाव देखकर उसे अच्छा तो लग रहा था पर उसे आशंका भी थी कि कहीं बच्चों का लाया हुआ केक खा लेना किसी सीनियर अध्यापक या प्रिंसिपल के द्वारा देख लिए जाने पर अनुशासनहीनता की श्रेणी में न गिन लिया जाए।

"गुड मॉर्निंग सर!" अंकिता भी तब तक अपनी सीट छोड़कर विपुल के सामने जा खड़ी हुई, "मैं भी आपके लिए एक छोटा गिफ़्ट लाई हूँ सर, मुझे उम्मीद है आपको पसंद आएगा।" यह कहते हुए उसने अपने हाथ में थामा हुआ गिफ़्ट बॉक्स विपुल की तरफ़ बढ़ाया। लाल काग़ज़, जिस पर छोटे-छोटे सफ़ेद रंग के दिल की आकृति के प्रिंट्स थे, से लिपटा हुआ गिफ़्ट बॉक्स

ख़ूबसूरती से सुनहरे रिबन से बँधा हुआ था।

अंकिता क्लास की ज़हीन और सुंदर स्टूडेंट थी और उम्र के उस नाज़ुक मोड़ पर थी जहाँ इंसान को स्वाभाविक रूप से विपरीत लिंग के प्रति आकर्षण महसूस होना शुरू हो जाता है। वो उसकी क्लास में बिना पलक झपकाए पढ़ती थी, कॉपी चेक कराने के लिए मेज़ से सामने खड़ी नर्वस भाव से अपनी लंबी उँगलियाँ चिटकाती रहती थी। विपुल का बताया कोई भी काम हो, अतिउत्साह से करती थी।

टीनेज के हारमोंस सबसे शक्तिशाली अवस्था में जो होते हैं।

ऐसा नहीं कि विपुल इस आकर्षण से अनजान था, वो ख़ुद नौजवान था और इस तरह की बातों को भलीभाँति समझता था, लेकिन फिर भी इस तरह के आकर्षण को वक़्ती झमेला ही समझता था और जानता था कि इस तरह का वक़्ती आकर्षण एक बार कॉलेज से निकलने के बाद अपने-आप तेज़ी से ख़त्म हो जाता है।

विपुल को प्रिंसिपल दीनानाथ मिश्रा जी की हिदायत याद आ गई। "छात्राओं से दो हाथ की दूरी बनाकर बात कीजिएगा।"

"सर, प्लीज़ सर!" अंकिता ने फिर से प्रार्थना की।

क्लास अचानक ही शांत होकर उन दोनों की ओर देखने लगी थी। अनायास ही उसके लिए विकट-सी स्थिति बन गई थी। अगर वो ऐसे ही स्टूडेंट से अलग से गिफ़्ट ले लेता और फिर उसके अंदर जाने क्या निकलता! और, अगर इनकार कर देता तो लोगों को चर्चा का एक नया टॉपिक मिल जाता कि आख़िर सबके सामने मना करने की वजह क्या थी।

उसके दिमाग़ ने उसे सलाह दी कि इसे क्लास में ही खोलना ठीक रहेगा। अगर कोई अनुचित गिफ़्ट हुआ तो यहीं वापस कर देगा।

विपुल ने उसके हाथ से गिफ़्ट पैक लेकर खोला तो पाया कि उसमें नीचे से ऊपर तक चॉकलेट फ़्लेवर वाली टॉफ़ी भरी हुई थी और उन्हीं के बीच एक ख़ूबसूरत पेन भी दिखाई दे रहा था।

विपुल ने एक क्षण सोचा, पेन को उठाकर जेब में लगा लिया, अंकिता को थैंक्स बोला और टॉफ़ी से भरा गिफ़्ट बॉक्स उसे वापस लौटाते हुए कहा की इसे मेरी तरफ़ से पूरी क्लास में बाँट दो।

क्लास के बच्चों ने करतल ध्वनि से इस बात की अनुशंसा की। क्लास डिसमिस हो गई, बात ख़त्म हो गई ।

***

शाम को छुट्टी के बाद हर किसी को कॉलेज से घर जाने की जल्दी रहती है। जो अपनी साइकिल या बाइक से होते हैं वो जल्दी-जल्दी पैदल चलने वालों की भीड़ में से जैसे-तैसे आगे निकल जाना चाहते हैं, जो पैदल होते हैं वो किसी बाइक या साइकिल वाले के साथ लटककर अपना सफ़र पूरा कर लेना चाहते हैं। पैदल, साइकिल, बाइक वग़ैरह के साथ हाईवे पर दौड़ती बाक़ी गाड़ियाँ रोड पर किसी ऑटो शो जैसा नज़ारा पेश करती हैं। विपुल भी अपनी बाइक पार्किंग से निकाल ही रहा था जब अचानक ही कॉलेज के गेट के बाहर से चीख़ों का शोर गूँजा। बाक़ी टीचर्स के साथ विपुल भी गेट से बाहर की तरफ़ दौड़ा।

गेट के बाहर, हाईवे पर एक सोलह पहियों वाला ट्रक कुछ तिरछा होकर खड़ा था और उसके चारों ओर खड़ी भीड़ ट्रक को घेरकर ऐसे आक्रोशित थी जैसे ट्रक का पुर्ज़ा-पुर्ज़ा करके हवा में उड़ा देगी। जैसे उस ट्रक से कुछ अनर्थ हो गया हो।

हर तरफ़ से 'क्या हुआ' 'क्या हुआ' की आवाज़ें आ रही थी।

विपुल भीड़ का घेरा काटकर आगे पहुँचा।

"हम सब जा रहे थे, वो सबसे दायें थी।" किनारे बिखरी पड़ी हुई साइकिलों की बीच खड़ी, दहाड़ें मारकर रोती हुई लड़कियों में से एक अटक-अटककर बता रही थी, "सर, हम लोग रोड पर अंकिता... अंकिता को चिढ़ा रहे थे, उसको बस इतना ही बोले कि हम लोग को तो तुम कभी पेन नहीं दी! बस वो चिढ़ के अपनी साइकिल लेकर हम लोगों से अलग होने के लिए एकदम से दायें गई, और सर, ट्रक वाला उसको पीछे से ठोकर मार दिया सर। उस को बचा लीजिए, हम लोग की ग़लती नहीं है सर!"

विपुल के कान जैसे सुन्न हो गए। उसको काटो तो ख़ून नहीं था। बड़ी मुश्किल से निगाह घुमाकर देखा तो पाया कि ट्रक के अगले और पिछले पहिये के बीच कुचले हुए शरीर के चारों तरफ़ ख़ून का तालाब बन रहा था। साइकिल और शरीर दोनों ही बुरी तरह से अंगभंग होकर पड़े थे। साइकिल

पहले से बेजान थी मगर शरीर में जान थी। कोई ट्रक ड्राइवर से बार-बार ट्रक स्टार्ट करके उसके ऊपर से हटाने के लिए कह रहा था मगर शायद ट्रक ड्राइवर भी दहशत से जड़ हो चुका था।

सिर्फ़ कुछ ही पलों में उसके सामने ही सड़क पर थरथराती हुई सफ़ेद एड़ियाँ शांत हो गईं।

"गुज़र गई..." पीछे कोई ज़ोर से चिल्लाया।

लड़कियों के हुजूम से रोने की आवाज़ें तेज़ हुईं।

विपुल ने अहिस्ता से, काँपते हुए हाथों से अपनी जेब में लगा वो नया पेन निकाला, अंकिता के शांत पड़ चुके पाँवों के पास रखा और गश खाकर उसके ख़ून के तालाब में ही गिर पड़ा।

पतंग और पूरियाँ

जसोदा माई ने सामने पड़ी रंग-बिरंगी पतंगों पर एक उचटती-सी निगाह डाली और उनके मुँह से अपने-आप ही एक आह-सी निकल गई- 'लगता है आज भी कुछ न होगा।' उनके मन को आज की शून्य बिक्री ने फिर से उदास कर दिया।

दिन भर उम्मीद देने वाला सूरज धीरे-धीरे पश्चिम की ओर जाते हुए अपनी रंगत बदलकर माहौल को काला-सा बना रहा था और अभी तक दुकान की एक भी पतंग नहीं बिकी थी। वैसे भी अब बूढ़ों और पतंगों को पूछता ही कौन था! दोनों ही बस तीज-त्यौहार में याद करने वाली चीज़ बनते जा रहे थे।

जसोदा माई का पति, बाबूलाल, उन्हें छोड़कर बहुत पहले ही कलकत्ता चला गया था।

लोग बताते थे कि उसने वहीं पर किसी बंगालन से शादी करके घर बसा लिया है। संजोई हुई संपत्ति कुछ ख़ास नहीं थी, इसलिए जब तक शरीर में ताक़त रही, जसोदा माई लोगों के घरों में चौका बर्तन करके पूरी ज़िंदगी को किसी तरह जीती रहीं लेकिन अब आख़िरी वक़्त में मेहनत का ये काम उनसे नहीं हो पाता था। इसलिए, अपनी कोठरी के सामने दो गुणे तीन फ़ुट की चबूतरे वाली जगह में रखी हुई कोई दस बारह पतंगे ही वयोवृद्ध जसोदा माई की दुकान थी। पुराना ज़माना होता तो शायद पतंगों की दुकान भी पेट भरने के लिए काफ़ी होती पर अब पतंगें उड़ाता ही कौन था और सौ बातों की एक बात कि अब इलाक़े में पतंग उड़ाने की जगहें ही कितनी बची थीं!

अब तो क़स्बाई इलाक़ों में भी इमारतें जितनी ऊँची होती जा रही थीं लोग उतने छोटे होते जा रहे थे।

"सित्ताराम सित्ताराम सित्ताराम कहिए, जाहि बिधि राखें राम ताहि बिधि रहिए।" डूबते सूरज और अनबिकी पतंगों को देखकर, उकताकर जसोदा ताई शीतला चौकी पर बंधे लाउडस्पीकर पर दिन भर बजने वाला भजन दुबारा गुनगुनाने लगीं।

यही उनका शग़ल था, पहाड़-सा दिन काटने का उनका यही सहारा था।

"ऐ दादी, एक पतंग दे दो।"

भजन में मुदित भाव से रम चुकी जसोदा ताई ने आँखें खोलकर देखा तो सामने आठ नौ साल की बेबी खड़ी थी।

"पैसा लाई हो?" जसोदा माई ने जान-बूझकर अपनी आवाज़ को ज़रा कड़क करके पूछा। वो जानती थी कि ग़ुरबत के पैमाने पर जसोदा ताई और बेबी की अम्मी लगभग बराबर ही खड़ी थीं।

फटेहाल आदमी किसी को मुहब्बत तो ख़ूब दे सकता है पर उससे अगले की फटेहाली दूर तो नहीं हो जाती, भूख तो उसको भी रोज़ ही उतनी लगती है। इसीलिए, जसोदा माई ने बच्ची से मुरव्वत न बरती।

बेबी की माँ क़स्बे के चौधरी के यहाँ दिन भर काम करती थी। बेबी के घर के पाँच इंसानों की क्षुधा का मिटना चौधरी की रहमत पर निर्भर था लेकिन मजाल क्या थी कि बेबी की अम्मा इससे ज़्यादा की उम्मीद भी कर पाती। इन मुश्किल हालात में बेबी की माँ कैसे अपने घर का ख़र्च चलाती थी, ये तो वही जानती थी।

"कित्ते की है?" बेबी ने ऐसी उत्सुकता से पूछा कि मानों कुछ सस्ती हुई तो सारी पतंगें आज ख़रीद ही लेगी।

"पाँच रुपये की एक है, कोई-सी भी ले ले।"

बेबी अपनी मुट्ठी खोलकर सिक्के गिनने लगी।

"एक, दो, तीन, चार, पाँच..." गिनने के साथ-साथ ही वो हथेली में पकड़े सिक्के जसोदा माई के आगे रखती जा रही थी। सिक्के बेबी के हाथ से जसोदा माई के सामने पहुँचने तक के बीच में बेबी के चेहरे पर आ गई मायूसी किसी अंधे से भी साफ़ पढ़ी जा रही थी।

"टोटल पाँच रुपया है अम्मा, लाओ, एक लाल वाली ही दे दो।" बेबी ने बाक़ी पतंगों के ढेर को ललचाई निगाहों से देखते हुए कहा।

जसोदा माई ने सिक्के अपने हाथ में लेकर गिने, दरी के नीचे से मृतप्राय हो चला बटुआ निकालकर उसमें सिक्के रखे, तब जाकर कहीं अपनी हाथों से लाल पतंग की मज़बूती परखकर उसे बेबी को थमा दिया।

बेबी पतंग लेकर घर दौड़ गई और जसोदा ताई मन-ही-मन हिसाब लगाने लगी की कैसे इस पाँच रुपये में आज रात के खाने का इंतज़ाम हो पाएगा। सुबह के पके चावल तो बचे ही थे, अगर एक दो पतंग और बिक जाती तो आज सब्ज़ी भी बना लेती। वरना इस पाँच रुपये से तो किराने की दुकान से दो जून के लिए कड़ुआ तेल लेने के लिए भी चिरौरी करनी पड़ती है। जब तंगी कुछ ज़्यादा ही तंग करने लगे तो चावलों में नमक और तेल डालकर ही पेट की भूख मिटा लेना जसोदा माई की मजबूरी थी।

ग़रीबी अपने-आप ही दो पैसे बचाने का हुनर सिखा ही देती है, इसके लिए किसी महँगे स्कूल से मैनेजमेंट की डिग्री नहीं लेनी पड़ती।

जसोदा माई को अनायास ही अपने पति, बाबूलाल, की याद आ गई।

शादी के शुरुआती दिनों में बाबूलाल भँवरे की तरह दिन भर आगे पीछे ही घूमता रहता था। रिझाने के लिए कैसे तरह-तरह की मिठाई लाता था। मेला घुमाने ले जाता था तो सेनुर, टिकुली, बिछिया, साड़ी दिलाता था, तरह-तरह के पकवान खिलाता था।

बीते वक़्त के सुख का स्वाद कभी बासी नहीं होता।

"दादी, ये पतंग वापस ले लो, हमारा पैसा वापस दे दो।"

जसोदा माई की तंद्रा टूट गई।

बेबी पाँच मिनट बाद ही फिर से दुकान के सामने आकर खड़ी हो गई थी। पतंग में मांझा बाँधने के लिए ज़रूरी छेद तक नहीं हुआ था उसमें।

"काहे रे, कुछ ख़राब है पतंग में?" जसोदा माई ने दिन भर इंतज़ार के बाद बिका सौदा दुकान पर वापस होते देख खिन्न भाव से पूछा।

"नहीं, पतंग सही है, लेकिन हमको नहीं चाहिए।" बेबी ने जसोदा माई से बिना नज़र मिलाए जवाब दिया।

जसोदा माई ने ध्यान से बेबी की तरफ़ देखा। उन बूढ़ी आँखों के तजुर्बे ने

देखा कैसे बेबी की छोटी-छोटी आँखें आँसुओं से लबालब भरी हुई थी, और उसका दायाँ गाल लाल था।

"अम्मी मारी है का?"

"नहीं, बस हमको पैसा वापस कर दो।"

"जब वापस करना था तो ख़रीदी काहे थी!"

बेबी कुछ बोलती तो शायद रोने लगती सो पैर के अँगूठे से ज़मीन खोदने लगी। जसोदा माई कुछ क्षण देखती रही उसे।

"जा ले जा अपना पैसा, और ये ले जा पतंग भी, जब बड़ी हो जाना तब देना पैसा इसका, अब भाग जा अपने घर।" जसोदा माई ने दरी के नीचे से बटुआ निकाल बेबी के पैसे वापस उतने ही कष्ट से वापस रखे जितने कष्ट से वो बेबी से जसोदा माई तक आए थे।

पतंग और पैसे दोनों पाकर अचंभित हो गई बेबी फ़ौरन अपने घर की तरफ़ दौड़ गई। जसोदा ताई जानती थी की पाँच रुपये की क़ीमत बेबी की अम्मी के लिए क्या थी। कलेजा कटकर रह गया जसोदा माई का, ये ग़रीबी भी ना, लड़कन बच्चन के सब शौक़-सिंगार का गला घोंट देती है।

रात के खाने की चिंता जसोदा माई को अभी भी थी लेकिन ऐसे भूखे पेट रात में सो जाने की उसे आदत भी थी, सो जसोदा माई फिर से 'सित्ताराम सित्ताराम कहिए, जाहि बिधि राखे राम, ताहि बिधि रहिए' गुनगुनाते हुए अपनी पतंग के बिकने का इंतज़ार करने लगी।

***

एक भी पतंग नहीं बिकी थी आज।

रात के आठ बजे से ऊपर का वक़्त हो रहा था जब जसोदा माई अपनी कोठरी में सुबह के बचे चावल में नमक और पिसी लाल मिर्च मिलाने की तैयारी करते हुए ख़ुद को, अपने पति को, यमराज को, परमात्मा को, सबको समभाव से कोस रही थीं।

आज बेबी को पैसे वापस ना दिए होते तो कम-से-कम सूखे चावलों में मिलाने के लिए कड़ुआ तेल तो मिल जाता।

कुछ ही घंटे पहले स्त्रीसुलभ ममता की वजह से बेबी के लिए उपजा स्नेह का भाव अब जसोदा माई के मन से ग़ायब हो चुका था। भूख विवेक

पर हावी हो ही जाती है। अचानक किवाड़ की साँकल खड़की और किसी ने धीरे से आवाज़ लगाई।

"का है रे?" किवाड़ खोलते ही जसोदा माई ने सामने खड़ी बेबी से पूछा।

"ये अम्मा दी हैं, आपके लिए।" बेबी अपने साथ लाये अख़बार में लपेटी हुई पूरियाँ, मिठाई और पोलिथीन में बाँधी हुई सब्ज़ी जसोदा माई के हाथ में देते हुए जल्दी-जल्दी बोलने लगी, "आज दिन में चौधरी साहब के यहाँ जलसा था तो अम्मा को वहाँ से ख़ूब पूरी, सब्ज़ी और मिठाई मिली है। अम्मी बोली की जसोदा ताई को दे आओ।"

जसोदा ताई बेबी का मुँह देखने लगी।

"अरे दादी, जल्दी पकड़िए ना, हमारा हाथ दर्द करने लगेगा।"

इससे पहले कि जसोदा माई ठीक से बेबी को मना कर पाती, बेबी भोजन जसोदा माई के हाथों में थमाकर अपनी कोठरी की तरफ़ दौड़ गई।

"धन्य हो प्रभु! आपकी भी लीला अपरम्पार है। कहाँ कुछ नहीं था, कहाँ पकवान ही भेज दिए। जय हो।" जसोदा माई पैकेट खोलने के बाद आह्लादित होकर कमरे के ताखे में टिकी राम जी तस्वीर को देखकर मुस्कुराने लगीं।

***

"अम्मा, कुछ पूरियाँ बची हैं?" बेबी ने खाट पर लेटे-लेटे ही सर घुमाकर अपनी अम्मी से पूछा।

"अरी, कितनी चटोरी हो गई है तू! अभी एक घंटे पहले तो तू अपनी पूरियाँ लेकर भाग गई थी कि अभी के अभी दो, मैं अकेले खाऊँगी। अभी फिर से भूख लग गई?" बेबी की अम्मा उसकी इस बेवक़्त की फ़रमाइश पर हैरान हुईं।

"अम्मा दो न कुछ, भूख लगी है।" बेबी ने मनुहार के लिए अपनी अम्मा के थुलथुले पेट को अपने छोटे-छोटे हाथों में समेटकर हिलाया।

बेबी की अम्मा बड़बड़ाते हुए बची हुई पूरियाँ उसके लिए फिर से निकालने के लिए उठ गई।

उधर, पूरियाँ जसोदा माई के यहाँ भी बची हुई थी। जसोदा माई सूखे चावलों में बेबी की लाई सब्ज़ी को थोड़ा-सा मिलाकार खाने से ही तृप्त हो

गई थीं और पूरियाँ अगली सुबह के लिए बचा ली थी।

रात के सन्नाटे में कोठरी के दरवाज़े तक कभी-कभी जसोदा ताई की नींद में ही "जाहि बिधि राखें राम..." की बुदबुदाहट सुनाई दे जा रही थी।

बड़ा मंगल

उस दिन बड़ा मंगल था, हनुमान जी का दिन।

लखनऊ में कहते हैं कि बड़े मंगल के दिन हनुमान जी से जो भी दिल से माँगो, मिलता है। कभी रास्तों पर भंडारे की परंपरा लखनऊ में केसर बेचने आए किसी व्यापारी की अपना सारा माल बिक जाने पर भंडारा लगाने की मनौती पूरी होने से शुरू हुई थी।

आजकल पूरे शहर में सेठ, समितियाँ, कंपनी और बैंक भंडारे लगवाते हैं। सुबह से भंडारे में जो गरमागरम पूरियाँ, सब्ज़ी, बूँदी, शर्बत का प्रसाद बँटना शुरू होता है तो यह सिलसिला देर शाम तक चलता ही रहता है।

लोग कहते हैं, कहीं का कैसा भी भंडारा हो, भंडारे के प्रसाद में बहुत स्वाद होता है क्योंकि प्रेम और भक्ति उसे मीठा बना देती है।

लोग आते हैं, मंदिर में हनुमान जी के दर्शन करते हैं, अपनी मन्नत माँगते हैं और फिर आकर प्रसाद लेते हैं।

मैं मंदिरों में अब सिर्फ़ दर्शन करता हूँ, कुछ माँगता नहीं। ऐसा नहीं कि भगवान से कोई बैर पाल रखा है लेकिन भगवान से अब कोई उम्मीद भी नहीं लगा रखी है।

जब सर्वशक्तिमान से भी उम्मीदें न पूरी हो पाएँ तो उम्मीदों लगा लेने की आदत का ख़त्म हो जाना ही बेहतर है।

भूतनाथ मंदिर वाली सड़क पर, बैंक कोचिंग वाली लेन के सामने जो पंडाल लगा है, मेरी ड्यूटी उसी पंडाल में मीठी बूँदी बाँटने में लगी थी।

मंदिर तक जाने का वही मेन रास्ता था। लोग अपनी बाइक, स्कूटी, कार

सड़क के किनारे खड़ी करके लाइन में लग रहे थे, मंदिर में जा रहे थे, दानपात्र में पैसे डाल रहे थे और लौटते वक़्त भंडारे के आगे रुक जा रहे थे। कुछ ने सिर्फ़ भंडारे में मिलने वाले प्रसाद पर फ़ोकस कर रखा था। दर्शन वो कहीं और कर आए थे और अब अलग-अलग भंडारे के प्रसाद का स्वाद ले रहे थे।

"अंकल, दो दोने बूँदी वाला प्रसाद दे दीजिए।"

एक चार पाँच साल का लड़का मेरे सामने आ खड़ा हुआ। वो लड़का अकेला दिख रहा था, फिर भी बूँदी के दो दोने माँग रहा था। बच्चे कई बार ऐसा करते थे, स्वाद की लालच में अपनी ज़रूरत से ज़्यादा लेते थे लेकिन बाद में खा नहीं पाते थे जिससे बचा हुआ प्रसाद बेकार हो जाता था। कई बार इतने छोटे बच्चे अपने छोटे हाथों में एक से ज़्यादा दोने सँभाल ही नहीं पाते हैं, अनजाने में उनसे प्रसाद गिर जाता है तो यह देखकर अफ़सोस होता है।

मैंने अपने विवेकानुसार उसे एक ही दोना बूँदी देकर जाने को कह दिया और वापस बाक़ी लोगों पर ध्यान देने लगा।

"सुनिए मिस्टर, जब बच्चे ने आपसे दो दोने प्रसाद माँगा था तो आपने एक ही दोना प्रसाद क्यों दिया?"

उस बच्चे के जाने के आधे मिनट बाद ही मेरे कानों में जो आवाज़ पड़ी उसे मैं इतने सालों बाद भी नहीं भूल पाया था। ये वही आवाज़ थी जिसमें मैंने जाने कितने बार उसे देखते हुए या रात में ऊँघते हुए 'अँखियों के झरोखे से...' सुना था।

आज भी उस आवाज़ में वही खनक महसूस हुई जो कभी अनायास ही दिल के तार झनका देती थी।

"अरे जल्दी दीजिए प्रसाद, देख रहे हैं कितनी तेज़ धूप है!" बात में वही तेज़ी थी, वही 'डू इट नाउ' जैसा अधिकारपूर्ण भाव बाक़ी था।

"पर मीठा तो तुमको पसंद नहीं है।" मेरे मुँह से अपने आप ही निकल गया।

"अरे प्रसाद में क्या पसंद नापसंद होता है। हैं! अरे, तुम! तुम निखिल हो क्या?"

मैं बूँदी वाला काउंटर अपने सहकर्मी के हवाले करके, मेज़ के पीछे से निकलकर उसके सामने आ गया।

कुछ ख़ास नहीं बदला था उसमें, बस काले बालों में एक-दो जगह भूरे रंग की लट दिख रही थी जो कि आजकल की नौजवान लड़कियों और औरतों के बाल सँवारने का आम फ़ैशन था और वज़न हल्का-सा बढ़ गया था। माथे पर किसी टीके-सा लगा सिंदूर का निशान था और गले में एक मंगलसूत्र और एक सोने की चेन। हाथों में कुछ पहनने का शौक़ उसे कभी नहीं था इसीलिए शायद हाथों में चूड़ियों की जगह बस एक-एक लाल चूड़ी और सोने का एक कंगन था।

कहने को कुछ नहीं बदला था पर लग रहा था जैसे हम दोनों के बीच कोई पारदर्शी दीवार हो जिसके पार खड़ा चेहरा इतने सालों बाद बस कुछ-कुछ ही जाना पहचाना-सा लग रहा हो।

"तुम निखिल हो! बाई गॉड, कितना बदल गए हो!"

बदला तो मैं बिलकुल भी नहीं था, बस अब पहले से अलग दिखने लगा था लेकिन इस बात को उस वक़्त उस जगह कहने का कोई तुक ना था।

"हाँ, तुम यहाँ?" मैंने उस पर से नज़र हटाकर उसकी स्कूटी की नंबर प्लेट को देखा। नंबर प्लेट पर लिखे UP 32 से ही पता चल रहा था कि उसे वापस इसी शहर की, अपने घर की गाड़ी मिल गई है।

"हाँ, अब इनका ट्रांसफ़र यहाँ गोमतीनगर वाले ब्रांच में कर दिया है तो हम लोगों को दिल्ली से फिर यहाँ आना पड़ा।"

"चलो अच्छा है, अपने घर लौट आई।" मैंने जैसे ख़ुद को तसल्ली दी।

"हाँ, तुम सुनाओ, कैसे हो, क्या कर रहे, शादी वादी कर ली?"

"बढ़िया हूँ, बैंक में जॉब मिल गई है, आज बड़े मंगल को बैंक ने भंडारे का प्रोग्राम रखा था तो बाक़ी स्टाफ़ के साथ मेरी ड्यूटी भी यहाँ लगी हुई है।"

उसका लड़का तब तक अपने हिस्से का प्रसाद खाकर, बग़ल में खड़े नगर निगम के टैंकर से अपने हाथ धुलकर वापस आ गया था और अब स्कूटी के किनारे उसके दुपट्टे का कोना पकड़े खड़ा था और हम दोनों को टुकुर-टुकुर देख रहा था।

"और शादी?" उसके इस एक सवाल में कई और सवाल भी थे जो सिर्फ़ मैं जानता था।

"अभी नहीं की।"

"कर लो, कब करोगे? इतनी बड़ी दाढ़ी रख ली है, हम तो पहचान ही नहीं पाए थे तुम्हें।"

"जल्दी ही करता हूँ, बस यहाँ से फ़ुर्सत पा जाऊँ। मंदिर तो बग़ल में ही है।"

"बकवास ही करना जब भी करना।" वो हँसी, मुझे अपने दिल के किसी कोने में कुछ ख़ाली-सा लगा।

पीछे से किसी ने मेरा नाम पुकारा। जेल के मुलाक़ातियों की तरह मेरा भी मिलने का वक़्त ख़त्म हो गया था। मुझे वापस अपने काउंटर पर जाना था।

"तुमको बुला रहे हैं, तुम काम देखो अपना, हमें भी घर पहुँचना है, अभी लंच भी बनाना है।" उससे मेरे असमंजस कभी छुप भी कहाँ पाए थे।

"बस एक मिनट रुकना, जाना नहीं।"

मैं भागकर वापस काउंटर के पीछे पहुँचा और एक कैरी बैग में पूरियाँ, छोले और बूँदी भर के वापस आया। उसने अपनी स्कूटी स्टार्ट करके, अपने बेटे को अपने और स्कूटी के हैंडल के बीच खड़ा कर रखा था।

"ये लो, तुम्हारी लंच वाली प्रॉब्लम ख़त्म।" मैंने कैरी बैग उसके बच्चे तरफ़ बढ़ा दिया "हेल्लो बेटा! क्या नाम है आपका?"

"निखिल।" लड़के ने कैरी बैग स्कूटी के हैंडल के नीचे बने खाने में रखते हुए कहा।

मैंने अचकचाकर वापस उसकी तरफ़ देखा तो उसके चेहरे पर चढ़े बड़े काले गॉगल्स ने मुझे उसकी आँखें नहीं देखने दीं।

"निखिल!" मुझे वाक़ई हैरत हुई कि आज भी इस नाम से उसका कोई नाता बचा हुआ है।

"मैंने रखा है, क्यों? कोई ख़राबी है इस नाम में!" उसने शोखी से पूछा।

"नहीं, मैं पूछना भूल गया, कैसी हो?"

"ख़ुश हूँ, किसी ने मेरे ख़ुश रहने के लिए बहुत मन्नतें जो माँगी थी।" उसने हँसते हुए, अपने लड़के के सर के बाल अपने हाथ से बिला वजह ठीक किए।

वो स्कूटी मोड़कर वापस चली गई। मैं भंडारे के मेज़ के पीछे जाने की जगह मंदिर के सामने लगी लाइन की तरफ़ बढ़ गया।

दस साल पहले यही तो माँगा था कि वो ख़ुश रहे, तब ग़लती से उसका ख़ुश रहना और उसका अपने साथ होना, दोनों एक ही बातें मान ली थी।

तब मैं कहाँ जानता था कि भगवान सुनते सब हैं, बस अर्ज़ी सही देनी पड़ती है।

लंचबॉक्स

सुबह से सिम्मी उस कमरे को साफ़ करने में लगी हुई थी। कभी किताबें उठाकर, झाड़कर वापस रख देती थी, कभी किसी फ़ोटोफ्रेम को हाथों में लेकर देखने लगती थी। फिर कुछ सोचकर मुस्कुरा देती। कमरे में पड़ी हुई बेडशीट, तकिए के ग़िलाफ़, सब साफ़-शफ़्फ़ाक़ चमकते हुए बता रहे थे कि कोई इनका रोज़ ही मन से रख-रखाव करता है।

उधर अनिरुद्ध रोज़ की तरह ऑफ़िस जाने से पहले बार-बार सिम्मी को आवाज़ लगा दे रहा था। कभी टाई के लिए, कभी चाय के लिए, कभी पर्स के लिए। मिडिल क्लास फ़ैमिली वाली सुबह होती थी उन दोनों की। सब कुछ बँधा-बँधाया, घड़ी के काँटे देखकर दौड़ते-भागते ही निपटते हुए सारे काम।

"सिम्मी, अब बस भी करो, कितना साफ़ करोगी? मेरी नीली वाली फ़ाइल निकाल दो ज़रा, डेस्क पर पड़ी होगी, और आज ज़रा दो-चार पराठे और रख देना लंचबॉक्स में। ऑफ़िस में एक नये लड़के ने ज्वॉइन किया है। अभी तीन दिन पहले ही यहाँ आया है। किसी को जानता नहीं है। बेचारा जब से आया है लंच टाइम में कैंटीन की चाय और समोसों के भरोसे पूरा दिन काट देता है।" अनिरुद्ध ने टाई की गाँठ बाँधते हुए कहा।

सिम्मी के हाथ रुक गए।

"अनिरुद्ध, दस बार बोला है ये सब पहले बताया करो ना, अभी फिर से किचन की गर्मी में भुनूँ मैं? ख़ैर, मगर अभी इस नई ज्वॉइनिंग पर इतना रहम कैसे आ रहा है?" सिम्मी ने झुंझलाकर पूछा।

"अरे तुम भी ना, उसको ऑफ़र किया था कल लंच के लिए, लेकिन शायद गिनती के पराठे देखकर संकोच कर गया बेचारा।" अनिरुद्ध ने सफ़ाई पेश की।

"हाँ मैं भी ना, इतनी गर्मी में पराठें सेकों तो पता चले। एक तो किचन में इतनी उमस, ऊपर से तुम्हारी ऐसी-ऐसी फ़रमाइश।"

"अरे कोई फ़रमाइश नहीं है बाबा, बस दो पराठे एक्स्ट्रा ही तो सेंकने हैं। अब कर भी दो बेगम।" अनिरुद्ध ने मिडिल क्लास हस्बैंड की तरह सिम्मी की ख़ुशामद की।

"अरे तुम समझ नहीं रहे हो, अभी फिर से आटा गूँथना पड़ेगा, ऊपर से इतनी गर्मी, उफ़, सुनो, आलू बचे हैं, कहो तो फटाफट सैंडविच बना दूँ।"

बात अनिरुद्ध के लिए चाहे जितनी भी ज़रूरी थी मगर सिम्मी अपने काम में इतनी मगन थी कि अनिरुद्ध की तरफ़ देख भी नहीं रही थी। वो अभी भी कमरे की चीज़ों को साफ़ करके चमकाने में लगी थी।

"तुम्हें पता है न सिम्मी, मुझे लंच टाइम में सैंडविच अच्छे नहीं लगते, बचपन से ही अच्छे नहीं लगते।"

"अरे, तुम क्यों खाओगे! तुम्हारे पराठे तो तैयार हैं।" सिम्मी को अपने पति की बुद्धि पर तरस आया।

"मैं ख़ुद पराठें खाऊँ और उसको अलग से सैंडविच निकाल के दूँ! कैसा लगेगा सिम्मी? देखो अभी भी बीस मिनट है। प्लीज़ बना दो।"

"मेरी तो समझ में नहीं आ रहा है कि तुमको उसकी इतनी चिंता क्यों लगी हुई है। अभी मैंने अपने बेटे का कमरा भी नहीं साफ़ किया पूरी तरह से।"

"कमरा तो तुम बाद में भी साफ़ कर सकती हो ना सिम्मी।" अनिरुद्ध ने सिम्मी को एकटक देखा जो अभी भी अनिरुद्ध की तरफ़ बिना देखे कमरे में पड़ी अलमारी पर एक उखड़ रहे किसी कार्टून के स्टीकर को वापस चिपकाने कि कोशिश कर रही थी। वो अपनी जगह से उठा और सिम्मी के पीछे खड़ा होकर, बायाँ हाथ उसकी कमर में डालकर, अपनी ठुड्डी पीछे से उसके कंधे पर टिकाकर, दायें हाथ के अँगूठे से स्टीकर को ज़ोर से दबाकर चिपका दिया।

"अच्छा है ना ये, बेटू आएगा तो ख़ुश हो जाएगा ये वाला स्टीकर देखकर।" सिम्मी ने प्यार से स्टीकर को निहारते हुए कहा।

अचानक ही कमरे में घुटन-सी भर गई, जैसे किसी ने कमरे से सारा ऑक्सीजन खींच लिया हो।

"वो... वो नहीं आएगा अब, सिम्मी।" अनिरुद्ध के गले में हमेशा ये

सोचते, कहते वक़्त कुछ अटकने-सा लगता था।

आठ साल पहले उनका बेटा पल्लव एक दिन स्कूल गया तो फिर वापस ही नहीं आया। कोई कहता था ख़ुद ही कहीं चला गया, कोई कहता था कोई उठा ले गया। रिश्तेदारों के साथ खोजा, पुलिस में रिपोर्ट भी दर्ज कराई थी मगर शायद दो-तीन हफ़्तों के बाद बाक़ी सबने उसकी तलाश छोड़ दी थी। कौन-सा मंदिर, तीर्थ ऐसा था जहाँ उसके लौट आने की उन दोनों ने मन्नत ना माँगी हो। जहाँ कहीं किसी ने कह दिया कि फलाँ शहर में उसने पल्लव को भटकते हुए देखा था, दोनों अगले दिन ही पहुँचकर उसको दर-दर खोजते थे।

अब तो आठ साल हो गए थे।

अनिरुद्ध ने सच को स्वीकार कर इसी को अपनी नियति मान लिया था, मगर सिम्मी... सिम्मी की उम्मीद अभी भी बनी हुई थी। वो आज भी रोज़ बिना नागा किए पल्लव का कमरा साफ़ करती थी क्योंकि उसे लगता था कि उसकी उम्मीदें बेकार नहीं जाएँगी। एक दिन पल्लव हँसता हुआ घर के गेट से वैसे ही लौट आएगा जैसे एक दिन वो उन दोनों को छोड़कर चला गया था।

कितनी भी उम्मीदें लगा लो, छोड़कर जाने भला कहाँ लौट पाते हैं!

"अरे, तुम तो जैसे सब जानते हो, बेकार की बातें मत किया करो।" सिम्मी जानती है कि जो अनिरुद्ध कह रहा वो दिमाग़ को सच लगता है लेकिन दिल ये मानने को तैयार नहीं। अनिरुद्ध से असहमति दर्शाने के लिए वो एक क़दम आगे बढ़कर उसके बाहुपाश से बाहर निकल गई।

"अब तो मान जाओ सिम्मी, आठ साल हो गए हैं हमारे बेटे को ग़ायब हुए। पता नहीं कैसा होगा... होगा भी या नहीं। प्लीज़ सिम्मी, अब तो रोज़-रोज़ उसका कमरा साफ़ करना बंद कर दो।" अनिरुद्ध ने पीछे से कंधों पर हाथ रखकर पुकारा।

"मैंने कहा ना बेकार कि बातें मत करो।" सिम्मी के हाथ काँपने लगे। "और, अगर किसी दिन मेरा पल्लव लौट लौट आया और अपना कमरा देखकर बोला की मम्मा मेरा कमरा इतना गंदा क्यों है? क्या तुमने भी मेरे आने की उम्मीद छोड़ दी थी? तो क्या जवाब दूँगी मैं उसे? बोलो।"

दोनों चुप से खड़े रहे। अनिरुद्ध ने सिम्मी को अपनी तरफ़ घुमाकर ख़ुद से चिपका लिया और उसके सर पर थपकियाँ देने लगा।

"हम अपना बेटा खो चुके हैं सिम्मी। अब पल्लव नहीं आएगा।"

दोनों की रुलाई फूट पड़ी। दोनों हरे वन में नियति की क्रूर मार से सूख गए दो वृक्षों की तरह बना हिले खड़े रहे। कभी-कभी कुछ घाव इतने गहरे होते हैं कि वक़्त अपने मरहम से उन्हें कितना भी भर दे, तो भी निशान बाक़ी रह ही जाते हैं।

कुछ मिनट बाद दोनों फिर से कुछ संयत हुए।

"सुनो अब तो पराठे सेंक दो, सिर्फ़ दस मिनट बचे हैं, बस दो-तीन ही सेंक दो।"

"अच्छा ठीक है, हटो अब।"

सिम्मी किचन की तरफ़ लपक गई।

"पता है सिम्मी, वो नया लड़का, उसका नाम भी पल्लव है, बिलकुल नौजवान है। कुछ-कुछ दिखता भी वैसे है जैसे अपना पल्लव होता तो शायद दिखता।" अनिरुद्ध ने सिम्मी के पीछे से, धीरे से कहा। किचन में आटा निकालती सिम्मी के हाथ रुक गए।

"सच!"

अनिरुद्ध ने हाँ में सिर हिलाया।

"सुनो, क्या अपने पल्लव ज़ितना ही है वो भी?" सिम्मी ने आटे का डिब्बा बंद करते हुए पूछा।

"हाँ, बस एक दो साल का ही फ़रक़ होगा।"

सिम्मी के हाथों को जैसे पंख से लग गए। दो की जगह पूरे पाँच पराठे फटाफट सेंककर पैक कर दिया। अनिरुद्ध ने अपनी बीवी को एक बार और बहुत प्यार से देखा, उसके सर को सहलाया और लंचबॉक्स को बैग में रखकर गेट से बाहर की तरफ़ बढ़ गया।

"सुनो!" पीछे से सिम्मी लपकती हुई आई जैसे कुछ बहुत ज़रूरी बात भूल गई हो "कल से सब्ज़ी भी ज़्यादा रख दिया करूँगी। आज तो तुमने इतना लेट बताया वरना आलू भुर्जी ही बना देती। अचार रख दिया है एक्स्ट्रा। अपनी थोड़ी सब्ज़ी उसको भी खिला देना। ख़ाली अचार पराठें प्लेट में बड़े मनहूस से लगते है, अपना पल्लव भी तो कभी नहीं खाता था।"

अनिरुद्ध ने लंचबॉक्स को थपथपाकर मुस्कुराते हुए हामी भरी।

चुहिया

दिन भर की थकी हुई अम्मा की आँखों में नींद पूरी तरह से बसने ही वाली थी कि अँधेरे में किर्र-किर्र की हल्की, कर्कश आवाज़ ने फिर से उनकी आँखे झट से खुलवा दी। अम्मा अँधेरे में ही कान लगाकर सुनने की कोशिश करने लगीं- 'ज़रूर वही छोटी चुहिया होगी जो दिन में भी ओसारे में घूमती फिर रही थी, भूखी गई थी, अब शायद फिर आ गई, अब इस वक़्त भी क्या मिलेगा इसे, ख़ुद ही फिर भाग जाएगी, हाह!' अम्मा ने ख़ुद को ख़यालों में ही तसल्ली दी और करवट बदलकर फिर से सोने की कोशिश शुरू की तो सामने की खाट पर सोई छुटकी का चेहरा सामने पड़ गया।

आज स्कूल से नई किताबें मिलने के बाद पूरी शाम अँधेरा होने तक उन्हीं किताबों से पढ़ती-खेलती छुटकी भी थककर सामने ही बेखटक सोई पड़ी थी।

"कल से छुटकी नई किताबें लेकर स्कूल जाएगी।" अम्मा के सोचों की ट्रेन फिर से दौड़ पड़ी, बुढ़ापे में नींद भी इतनी आसानी से कहाँ आती है।

'मास्टर साहब कह रहे थे कि जो पढ़ने में तेज़ होते हैं उन बच्चों को वज़ीफ़ा भी मिलता है। अपनी छुटकी भी तो ख़ूब तेज़ है। कैसा झट से सब याद कर लेती है। गिनती, पहाड़ा सब तो आता है उसको। अब तो किताबें भी आ गई हैं, किताबें, एँ, कहीं चुहिया ने क़िताबें काट दी तो!' किताबों का विचार आते ही अम्मा की नींद पूरी तरह से उचट गई। सर उठाकर अँधेरे में ही इधर-उधर निगाह फिराई, मगर समझ में नहीं आया कि चुहिया किधर गई है। कथरी के नीचे से माचिस और अपनी जर्जर चौकी के नीचे से ढिबरी निकालकर, रौशनी करके भी खोजा। मगर चुहिया ही तो थी, हाथी तो नहीं कि

आँख घुमाई और नज़र में आ गई।

हर मुमकिन जगह ढूँढ लिया अम्मा ने।

पुराने कपड़ों के नीचे, अनाज के डिब्बों के पीछे... गिनती के जो दो-चार बर्तन थे उनको भी बेआवाज़ हटाकर देख लिया मगर चुहिया भी शायद ना दिखने का जंतर सीखकर आई थी।

अगर चुहिया सिर्फ़ फ़िक्र पैदा करने आई थी तो वो अपने मक़सद में पूरी तरह कामयाब रही थी।

लेकिन कहते हैं न कि भूख ना देखे सूखा भात और नींद ना देखे टूटी खाट। नींद के झोंके अब अम्मा को भी झुला रहे थे और ये नामुराद चुहिया ना जाने कहाँ ग़ायब हो गई थी। वैसे तो अम्मा के कमरे में तमाम चीज़ें थीं जो वो चुहिया काट सकती थी, नुक़सान पहुँचा सकती थी लेकिन अम्मा को फ़िलहाल फ़िक्र थी तो सिर्फ़ छुटकी के किताबों की। कपड़े काट देती तो फिर से सिल लेतीं, जहाँ चार पैबंद लगे वहाँ एक और सही। खाने का नुक़सान कर सके, ऐसा और इतना उस घर में था ही नहीं।

बस एक छुटकी की किताबें थीं जो नई थी, अम्मा के लिए बेशक़ीमती थीं।

'इतनी सुंदर किताबें।' अम्मा ने सोचा, 'एक-एक किताब तीस चालीस रुपये से कम होगी क्या! एक भी काट दिया तो कहाँ से लाएँगी वो दूसरी किताब?'

अगर छुटकी की किताबें कुतरी जातीं तो अम्मा की निगाह में उस चुहिया की वजह से छुटकी का भविष्य ही कुतर दिया जाता।

फिर से अँधेरे में कहीं ख़ाली डिब्बों की खड़बड़ाहट हुई। अब अम्मा से रहा ना गया। अम्मा ने किवाड़ के नीचे की ख़ाली जगह में जूट का बोरा गोल करके रख दिया और नाबदान पर भी एक ईंट रख दी, किताबों ने अम्मा की कथरी के नीचे क़रीने से, बिना मुड़े जगह पाई।

'कल सुखराम बढ़ई की चिरौरी कर लूँगी की छुटकी के किताबों के लिए लकड़ी का छोटा बक्सा जैसा कुछ बना दे, अगली बीस तक काम के पैसे भी मिल जाएँगे तो उसको चुका दूँगी।' एक बार इस छुटकी की समस्या का

हल सोच लेने के बाद ही अम्मा की आँखों ने नींद को फिर से ख़ुद में आने का रास्ता दे दिया।

छुटकी के साथ-साथ अम्मा भी अब निश्चिंत होकर सो रही थीं।

काम का शास्त्र

मिडिल क्लास हिंदुस्तानी के घर में अगर कोई पड़ोसी अक्सर ही, बिना बुलाए भी आता-जाता हो तो एक वक़्त के बाद दोनों तरफ़ से मेहमानवाज़ी का तकल्लुफ़ ख़त्म-सा हो जाता है। फिर घर के मालिक को ऐसे पड़ोसी को बनियान और तौलिया लपेटकर रिसीव करने में भी कोई झिझक नहीं होती।

ऐसे ही बेतकल्लुफ़ पड़ोसियों में गिनती होती थी के.के. गुप्ता जी की किसलय शर्मा के यहाँ।

के.के. गुप्ता जी बासठ साल के रिटायर्ड आदमी थे। मोहल्ले के सबसे भलेमानस के रूप में हर कोई उनकी इज़्ज़त करता था। पहले किसी सरकारी विभाग में ऊँचे पद पर थे सो भीड़ के, हर वक़्त लोगों से घिरे रहने के आदी थे। बीवी कई साल पहले ही किसी बीमारी से गुज़र चुकी थी और इकलौता बेटा किसी बड़ी मल्टीनेशनल कंपनी में नौकरी करता था और पिछले कई सालों से ऑस्ट्रेलिया में सेटल्ड था।

"अजी हमारा क्या है?" बेटे के साथ ना रहने के सवाल पर के.के. जी इतराकर कहते थे, "हम तो जिस जगह बस गए, सो बस गए। अब जब तक हाथ-पाँव चल रहे हैं तब तक बेटे के सर पर आश्रित बनकर बैठने से क्या फ़ायदा? यहाँ तो मेरे पास वक़्त काटने के लिए दस काम हैं। परदेश में इस बूढ़े आदमी के लिए किसके पास वक़्त होगा?"

के.के. जी अकेले ही रहते थे। साफ़-सफ़ाई और खाना बनाने वालियों को रख रखा था इसलिए रोज़मर्रा के काम में कोई दिक़्क़त नहीं होती थी। वैसे बचपन से ही घी, दूध, मेवा, मक्खन खाकर बड़े हुए के.के. जी को देखकर

कोई कह नहीं सकता था कि यह एक रिटायर्ड आदमी हैं। सरकारी नौकरी के दौरान भी ख़ूब तर माल उड़ाया था जिसके असर की वजह से अभी तक चेहरे पर लालिमा और बालों में कालिमा बरक़रार थी। उनकी दूसरी बड़ी ख़ूबी यह थी कि बात करने में उस्ताद थे। जहाँ, जिसकी संगत में बैठते थे उसकी रुचि की बात करते थे।

पड़ोसियों पर आश्रित ना थे, इसलिए पड़ोसियों से भी भरपूर इज़्ज़त पाते थे।

शाम को अक्सर वो किसलय जी के यहाँ मिलते थे जिसकी दो वजहें थीं। एक, किसलय जी किसी कॉलेज में व्याख्याता थे इसलिए शाम को अक्सर ख़ाली हुआ करते थे और दूसरी, किसलय जी को भी के.के. जी की ही तरह किताबों का, शेरो शायरी का, गप्प लड़ाने का शौक़ था जो कि उनके ड्राइंग रूम में किसलय जी की बीवी द्वारा बीच-बीच में भेजे जाते रहते चाय नाश्ते की बदौलत सकुशल संपन्न होता था।

घर के हर इंसान को ख़बर थी की के.के. जी के आने का मतलब कम से दो बार चाय ज़रूर बनेगी।

उस दिन भी के.के. और किसलय दोनों ड्राइंग रूम में बैठे किसी आर्थिक मुद्दे को समाजवाद के चश्में से सुलझाने का विकट काम करने की कोशिश कर रहे थे। कोने में रखा टीवी ऑन था जिस पर कोई प्रवचन जैसा कार्यक्रम अपनी ही रौ में, धीमी आवाज़ में बजा जा रहा था। चारु, किसलय जी की नौ साल की बिटिया, फ़र्श पर बैठकर अपनी ड्राइंगबुक में पहाड़ों के पीछे से निकालता सूरज भी बना रही थी, एक कान से टीवी की आवाज़ भी सुन रही थी और दूसरे कान से के.के. और किसलय जी के बीच होती निरर्थक, नीरस बातें भी सुन रही थी।

"काम में बहुत बल है।" टीवी पर दिखते आदमी की कमरे में आवाज़ गूँजी, "स्त्री और पुरुष, दोनों ही इस फ़ोर्स को चैनेलाइज करके जीवन की अनेक बाधाओं को पार कर सकते हैं। परंतु कितने अफ़सोस की बात है कि अधिकतर स्त्री पुरुष काम के इस गुण से अनजान हैं, उनके लिए काम और वासना में कोई अंतर नहीं। मेरा दावा है कि अगर कोई व्यक्ति 'काम' पर विजय पा ले तो वह जीवन में सब कुछ कर सकता है।"

"पापा, काम क्या होता है?" चारु अपनी ड्राइंग से सर उठाकर किसलय जी से पूछ बैठी।

अभी तक रिज़र्व बैंक को समाजवादी प्रक्रिया से चलाने के फ़ायदों पर चर्चा करते हुए किसलय जी अपनी बेटी के इस सवाल से असहज से हो गए।

"बेटा, इट्स अ काइंड ऑफ़ फ़ोर्स।" किसलय जी ने अभी अभी जो बेध्यानी में टीवी से सुना था, वही दोहरा दिया।

"एंड हाउ कैन वी कंट्रोल इट?"

बिटिया का सवाल छोटा पर जवाब मुश्किल। किसलय जी को समझ नहीं आया कि कैसे इस टॉपिक पर शुरू हो गए सवाल-जवाब का हिस्सा बनें जिसमें चर्चा की टेबल पर दूसरी तरफ़ उनकी बेटी है।

"बस, पढ़ाई पर ध्यान दो अपनी। बहुत सवाल करने लगी हो आजकल। जब बड़ी हो जाओगी तो सब जान जाओगी। मंजू, ले जाओ इसे और रिमोट मुझे दो। एक से एक बकवास प्रोग्राम आने लगे हैं आजकल हर चैनल पर।"

मंजू ने टीवी ही बंद कर दिया। चारु को कमरे से बाहर निकाल दिया गया।

टॉपिक ख़त्म हो गया!

***

"तुम 'काम' के बारे में जानना चाहती हो?"

"हाँ।" चारु ने सहमति में गर्दन हिलाई।

"पर ये बहुत टफ़ टॉपिक है, बहुत मेहनत लगेगी। हार्ड वर्क कर लोगी?"

"हाँ, मैं तो स्कूल का सारा होमवर्क भी सबसे अच्छा कर लेती हूँ।"

"वैरी गुड, यू आर अ स्मार्ट गर्ल। जो पता लगेगा उसे किसको बताओगी?"

"किसको बताऊँ?" चारु ने सिर खुजलाते हुए पूछा।

"किसी को नहीं, तुमको बोला न अभी मैंने, ये बहुत टफ़ टॉपिक है। सबको नहीं बताया जाता है। अगर इसको किसी को बताया जाता है तो फ़ैमिली में किसी की डेथ हो जाती है, बोलो जो जानोगी वो बताओगी किसी को?"

"किसी को नहीं बताना है? पापा को भी नहीं?" चारु ने बालसुलभ

सहजता से पूछा।

"नहीं, पापा को बताओगी तो पापा की डेथ हो जाएगी।"

चारु खड़े-खड़े अपने पैर के अँगूठे से फ़र्श खोदने लगी। फिर उसे याद आया कि पापा ने भी तो उसे नहीं बताया था, ज़रूर यही वजह रही होगी।

"ओके, नहीं बताऊँगी किसी को भी।"

"मम्मी की क़सम खाओ।"

"मम्मी की क़सम, किसी को नहीं बताऊँगी।"

"अगर बताओगी तो मम्मी भी मर जाएगी।"

"नहीं बताऊँगी, नहीं बताऊँगी।" चारु ने अपने गले की घंटी छूकर बात की गारंटी दी।

"ठीक है, पहले हम तुम्हारा टेस्ट लेंगे की तुमको बताना चाहिए या नहीं, अगर तुम टेस्ट में पास हो गई तभी तुम्हें बताएँगे और इनाम में एक बड़ी वाली चॉकलेट देंगे, तैयार हो?"

"यस!" चारु ने अपने सवाल का जवाब जानने के लिए उत्साहित हो उठी।

"ठीक है, टेस्ट के लिए सबसे पहले तुमको अपनी टी-शर्ट निकालनी होगी।"

"ओके, अंकल।"

चारु को बहलाने में ख़ुद को कामयाब होते देख के.के. गुप्ता की आँखों में शैतानी चमक उभरी।

***

बदहवास चारु को देखकर किसलय और मंजू के होश उड़ गए थे। ख़ून के दाग़ और शरीर पर रगड़ के लाल निशान अपनी कहानी आप ही कह रहे थे।

बड़ी मुश्किल से चारु रोते-रोते बता पाई थी कि कैसे के.के. अंकल उसे टॉफ़ी देने का बहाना करके पहले अपने सुनसान घर में ले गए थे और फिर दो हफ़्ते पहले पूछे गए 'काम' का अर्थ उस मासूम को अपने तरीक़े से समझाने की कोशिश करने लगे थे।

घर में हाय-तौबा मच गई।

माँ-बाप को चारु की फ़िक्र थी, लोग क्या कहेंगे इसकी फ़िक्र थी लेकिन ये नौबत क्योंकर आई इसकी फ़िक्र करने का अभी भी उनके पास न वक़्त था, ना ही अभी समझ थी।

स्मार्ट और फ़ोन

वैसे तो शादी के बाद से ही मीनल को रजत से बहुत-सी शिकायतें थी लेकिन फ़िलहाल उसकी सबसे बड़ी शिकायत यह थी कि उसने नीरजा को नया स्मार्टफ़ोन लेकर दे दिया था।

मीनल अपनी युवा होती बेटी के हाथ में स्मार्टफ़ोन देखते ही चिढ़ जाती थी और लगभग रोज़ ही अपने पति को याद दिलाती रहती थी कि नीरजा के हाथ में फ़ोन देकर उसके पति ने बहुत ही ग़लत फ़ैसला लिया था।

"मैं पूछती हूँ, क्या ज़रूरत थी नीरजा को स्मार्टफ़ोन दिलाने की? जब देखो तब हर वक़्त उसी में घुसी रहती है। जाने क्या-क्या करती है, किससे बात करती है, कोई ख़बर भी है तुम्हें?" कपड़ों की अलमारी खुली छोड़ मीनल आज फिर अपने पति पर बरस रही थी।

"पर उसके ग्रेड्स पहले जितने ही हैं मीनल, यानी उसने पढ़ाई से कोई कौम्प्रोमाइज़ नहीं किया है, और, बच्चों पर यक़ीन करना सीखो बाबा। आज के बच्चे समझदार होने के लिए हमारी उम्र तक आने का वेट नहीं करते हैं।" रजत ने मीनल को समझाया।

"हाँ मुझे तो कुछ पता ही नहीं है, सारा ज्ञान तो तुम बाप-बेटी के ही पास रहता है। मैं पूछती हूँ कि ज़रूरत क्या है स्मार्टफ़ोन की?" मीनल ने अपनी बात को महत्व न मिलते देख दोनों हाथ कमर पर रखकर रजत से पूछा।

"देखो मीनल, मेरी शाम की ट्रेन है। अगर मैं इस वक़्त तुमसे बहस करने लगा तो पक्का पैकिंग में कोई-न-कोई सामान छूट जाएगा। रही बात स्मार्टफ़ोन की तो वो आज की तकनीक है मीनल, हम उसे पसंद करें या ना

करें लेकिन वो हमारे आस-पास तो पैठ बना ही चुका है। तो क्यों न हम उससे डरने की जगह उसको ठीक से इस्तेमाल करना सीखें। नीरजा बहुत समझदार बच्ची है, वो ऐसा कुछ नहीं करेगी जिसका तुमको डर है।"

"तुम तो कुछ समझते ही नहीं हो, अरे मैं क्या पागल हूँ जो उसकी चिंता करती फिरती हूँ! बेटी बड़ी हो रही है, लेकिन तुम्हें तो कोई फ़िक्र ही नहीं है। अख़बार उठाकर देखो, कैसी-कैसी ख़बरें छपती हैं कि कैसे अपराधी इंटरनेट और सोशल मीडिया का ग़लत इस्तेमाल करके लोगों को ख़ासकर बच्चों और लड़कियों को नुक़सान पहुँचाते हैं।"

"सब पता है बाबा, लेकिन अभी मुझे लेट हो रहा है, तुम्हें पता है कि कल ऑफ़िस की रीजनल मीटिंग अटेंड करने के लिए मुझे आज रात की ही ट्रेन से लखनऊ जाना है, मेरा सामान पैक कर दो, मुझे लखनऊ से लौटकर आने दो, फिर हम नीरजा के स्मार्टफ़ोन के बारे में बात करेंगे।"

मीनल बड़बड़ाते हुए रजत का सामान पैक करने में जुट गई। रजत शाम की ट्रेन से लखनऊ चला गया।

***

देर रात मीनल का मोबाइल बजा, स्क्रीन पर रजत का नंबर दिख रहा था।

"हेल्लो शेखर!"

"मीनल, मैं रजत..." रजत की टूटी हुई आवाज़ आ रही थी। "मेरा एक्सीडेंट..." बस इतना ही कहने के बाद रजत की आवाज़ आनी बंद हो गई।

कॉल डिसकनेक्ट हो गई थी।

"हेल्लो, हेल्लो, शेखर, शेखर!" मीनल घबराकर चिल्लाने लगी "नीरू, नीरू..."

मीनल की घबराई हुई आवाज़ सुनकर नीरजा दौड़ती हुई आई।

उसका स्मार्टफ़ोन तब भी उसके हाथ में था। मीनल बार-बार रजत का नंबर डायल कर रही थी लेकिन उधर से कोई फ़ोन नहीं उठा रहा था। मीनल की बदहवास सूरत देखकर नीरजा भी घबरा गई।

"क्या हो गया मम्मा?"

"बेटा, तेरे पापा का फ़ोन था, उनका एक्सीडेंट हो गया है।" मीनल लगातार रजत का नंबर मिला रही थी।

"क्या!" नीरजा चीख़ पड़ी, "कब, कहाँ, कैसे हो गया?"

"पता नहीं बेटा, तेरे पापा ने बस इतना बोला कि मेरा एक्सीडेंट हो गया है उसके बाद चुप हो गए। फिर फ़ोन कट गया। मैं कॉल कर रही हूँ तो कोई फ़ोन नहीं उठा रहा, पता नहीं कहाँ, किस हाल में होंगे? लखनऊ में तो कोई अपना रिश्तेदार भी नहीं है।" मीनल रोने लगी।

"मम्मा, मम्मा एक सेकंड के लिए चुप हो जाओ, पापा का लखनऊ में कहाँ पर एक्सीडेंट हुआ है?" नीरजा ने पूछा।

"पता नहीं, बता नहीं पाए, बस इतना ही बोला कि एक्सीडेंट हो गया है और चुप हो गए, समझ में नहीं आता कि पुलिस को फ़ोन भी करूँ तो क्या बताऊँ कि वो कहाँ हैं।"

"एक सेकंड मम्मा।"

नीरजा फ़ौरन अपने फ़ोन पर तेज़ी से उँगलियाँ दौड़ाने लगी। उसके फ़ोन पर इंटरनेट से जुड़े कई पेज तेज़ी से खुलते जा रहे थे।

"तू फिर फ़ोन में लग गई?" मीनल, नीरजा पर चिल्लाई।

"मम्मा अभी समझाने का टाइम नहीं है, प्लीज़, अभी थोड़ी देर चुप रहो।"

नीरजा इंटरनेट पर 'Track my phone' ऑप्शन का इस्तेमाल कर रही थी। कुछ ही सेकंड्स में उसके फ़ोन पर रजत के फ़ोन की लोकेशन दिखाई देने लगी।

"मम्मा, पुलिस को फ़ोन करो और बताओ कि पापा का फ़ोन इस समय लखनऊ में गोमतीनगर इलाक़े के खरगापुर में रेलवे क्रॉसिंग के पास है। ये रहा खरगापुर पुलिस चौकी का नंबर।" नीरजा ने मीनल को जल्दी से एक मोबाइल नंबर नोट कराया।

मीनल पुलिस को फ़ोन करने में जुट गई। नीरजा वापस अपने फ़ोन पर जुट गई।

"मैंने पुलिस को फ़ोन कर दिया है। वो लोग वहाँ जा रहे हैं।" मीनल ने नीरजा को कॉल करने के बाद बताया।

नीरजा सिर हिलाकर वापस अपने फ़ोन पर जुट गई।

वह अपने स्मार्टफ़ोन की गैलरी से रजत की एक लेटेस्ट फ़ोटो निकालकर

फ़ेसबुक पर पोस्ट कर रही थी।

"यह मेरे पापा श्री रजत हैं जो इस समय लखनऊ के गोमतीनगर इलाक़े में खरगापुर रेलवे क्रॉसिंग के पास घायल पड़े हुए हैं और संभवतः बेहोश हैं। कृपया लखनऊ रहने वाले दोस्त मेरी मदद करें।"

यही मेसेज उसने फ़ेसबुक के अलावा ट्विटर और व्हॉट्सएप्प पर भी रजत की फ़ोटो और फ़ोन नंबर के साथ सर्कुलेट कर दिया।

"मम्मा, डोंट वरी! पापा को कुछ नहीं होगा। चलो, जल्दी से लखनऊ चलने की तैयारी करो।"

***

हॉस्पिटल में रजत तकिये के सहारे लेटा हुआ था और मीनल उसे सेब के छोटे-छोटे टुकड़े काटकर खिला रही थी।

"मैंने तुमसे कहा था न मीनल, अपनी नीरू बहुत समझदार लड़की है। इतनी जल्दी मेरी लोकेशन तो पुलिस भी नहीं पता कर पाती जितनी जल्दी मीनल ने अपने स्मार्टफ़ोन से मुझे ढूँढ लिया था। वरना उस जगह पर उस वक़्त तो शायद दो-चार घंटे किसी की निगाह मेरे ऊपर नहीं पड़ती।"

रजत के शरीर पर बँधी पट्टियाँ बता रही थीं कि फ़ौरन मदद मिलना उसके लिए कितना ज़रूरी था।

"हाँ, आज तो मैं भी अपनी बेटी की समझदारी की क़ायल हो गई।" मीनल ने नीरजा को अनुराग से देखते हुए कहा।

"वो लोग कौन थे नीरू जो तुम लोगों से भी पहले हॉस्पिटल में पहुँचे हुए थे?" रजत ने नीरजा से पूछा।

"वो सब मेरे सोशल मीडिया पर जुड़े हुए फ्रेंड्स थे पापा, अलग-अलग शहरों से लोग जुड़े हुए हैं। कुछ लोग लखनऊ के थे। वही लोग आपके बारे में पढ़ते ही तुरंत मदद करने के लिए तैयार हो गए थे।" नीरजा ने बताया।

"देखा मीनल, नीरजा के स्मार्टफ़ोन ने किस तरह से गाढ़े वक़्त में हमारी मदद की।"

"हाँ, अब मैं भी समझ गई हूँ कि तकनीक अच्छी या बुरी नहीं होती, उसका इस्तेमाल ही उसे अच्छा या बुरा बनाता है। अब तो मैं भी एक स्मार्टफ़ोन लूँगी और नीरू से उसको ठीक से इस्तेमाल करना सीखूँगी,

सिखाएगी ना नीरू ?"

"हाँ, बट ट्यूशन फ़ीस लगेगी मम्मा।"

पूरा परिवार एक साथ हँस पड़ा।

दोस्ती

चिनहट की गहमरकुंज कॉलोनी के मिडिल क्लास वाले घरों के एक्स्ट्रा कमरे किराये पर उठकर ऐसे लड़कों से भरे रहते थे जो अगल-बग़ल के इंजीनियरिंग और मैनेजमेंट कॉलेज में अपनी आने वाली ज़िंदगी के हसीन सपनों को देखते हुए अपनी उम्र के सबसे इंतेहाई ज़रूरी साल बिता रहे होते थे।

ज़िंदगी में माशूक़ा ढूँढने से भी ज़्यादा मुश्किल दौर होता है हिंदुस्तान के एक आम पढ़े-लिखे नौजवान के लिए एक अदद ऐसी नौकरी ढूढ़ना जिसे वो अपने घरवालों और रिश्तेदारों को दिखाकर कह सके कि जितना नाकारा आप उसे पूरी ज़िंदगी समझ रहे थे, उतना नाकारा वो था नहीं।

संजय और सलमान की ज़िंदगी भी ऐसे ही मोड़ पर आकर खड़ी हुई थी। दोनों बचपन से ही साथ पढ़ते थे और आज की तारीख़ में भी दोनों एक ही ट्रेड से अपनी डिग्री पूरी करने के बाद नौकरी पाने के लिए संघर्ष करने में लगे हुए थे।

क्या क़िस्मत थी दोनों की... एक जैसा IQ, एक जैसे नंबर और एक-दूसरे जैसे ही दोनों ही बेरोज़गार।

"क्या लगता है गुरु, अपना कुछ होगा इस ज़िंदगी में?" सलमान ने रेज़्यूमे गोल घुमाकर, पाइप की शक्ल देकर एक छेद से संजय को देखते हुए बोला, "दूर-दूर तक इस रेज़्यूमे और डिग्री से कहीं नौकरी तो नज़र नहीं आती है।"

"होगा, सब होगा। सब्र का फल मीठा होता है मेरे भाई। अपने हाथ में तो कोशिश करना ही है।" संजय ने रेज़्यूमे उसके हाथ से निकाल लिया,

"फ़िलहाल एक ट्यूशन की ऑफ़र है। सोच रहा हूँ जब तक नौकरी नहीं मिलती तब तक कर लूँ। कम-से-कम रूम का किराया तो निकल आएगा।"

"अच्छा, बात तो सही है। कहाँ जाना है पढ़ाने?"

"सुषमा हॉस्पिटल के पीछे वाली कॉलोनी में।"

"अबे, एक घंटा तो तुम्हारा आने-जाने में निकल जाएगा।" सलमान ने मुँह बिचकाया।

"हाँ यार, ये तो है।"

"और जाओगे कैसे?"

"अभी तो ऑटो से ही, आगे पीछे जब इस ट्यूशन से पैसे मिल जाएँगे तो एक साइकिल रख लेंगे, तुम कहो तो तुम्हारे लिए भी बात फैलाएँ, दोनों भाई एक साथ ही चलेंगे ट्यूशन पढ़ाने। दोनों के ख़र्चे निकल आएँगे थोड़ा-बहुत। घर से माँगना कम हो जाएगा।"

"अरे नहीं यार, हमसे न हो पाएगा ये लेथन वाला काम। रोज़ इंटरव्यू के लिए भी यहाँ-वहाँ जाना होता है, फिर एक घंटा ट्यूशन में आना-जाना और फिर पढ़ाने के लिए पढ़ना भी तो पढ़ेगा, उसका टाइम कहाँ से निकलेगा?"

"सोच लो, कम-से-कम हज़ार रुपये की मदद हो जाएगी।" संजय ने काम का आर्थिक पहलू सामने रखा।

"नहीं भाई, तुम कर लो। वैसे ही एक बार ये ट्यूशन वग़ैरह का चक्कर लग गया न तो फिर जॉब की तैयारी नहीं हो पाती है।"

"चलो भई, जैसी तुम्हारी मर्ज़ी।" संजय ने मुद्दा ख़त्म किया, "मुझे थोड़ी देर में जाना है वहाँ। चलो चौराहे पर चाय-पकौड़ी खाते हैं मुन्ना के यहाँ। वहाँ से मैं सीधे सुषमा हॉस्पिटल की तरफ़ निकल जाऊँगा तुम रूम पर वापस आ जाना।"

"चलो।" सलमान इस प्रस्ताव पर फ़ौरन तैयार हुआ।

मुन्ना की चाय-पकौड़ी खाने के नाम पर तो दोनों की राय कभी अलग हो ही नहीं सकती थी।

***

मुन्ना के चाय और पकौड़ी का कॉम्बिनेशन पूरे चिनहट में मशहूर था।

गज़ब की स्वाद चाय देता था और अख़बारी काग़ज़ में परोसे गए पकौड़े

वहाँ बसी स्टूडेंट बिरादरी के लिए महँगे मल्टीनेशनल कैफ़े और फ़ूड जॉइंट्स से भी ज़्यादा क्रेज़ रखते थे।

"ले ये आख़िरी पकौड़ा तेरे नाम का, खा ले प्यारे, थाली का आख़िरी निवाला पाने वाले का ब्याह जल्दी होता है।"

सलमान ने अपनी तरफ़ बढ़ाया गया आख़िरी पकौड़ा उठाया और संजय ने वो ख़ाली अख़बारी काग़ज़ वहीं ज़मीन पर फेंक दिया।

"अरे, गुरु, काग़ज़ पत्तल को कूड़ेदान में ही डालना सही रहता है।" सलमान ने गप्प से पकौड़ी अपने मुँह के अंदर डालकर उस अख़बारी काग़ज़ और दोनों के जूठे कुल्हड़ उठाकर किनारे रखे कूड़ेदान में रख दिए ।

"भई वाह, तू कब से इतना संस्कारी हो गया?"

"जब से तू मास्टर हो गया।" सलमान ने भी तड़ से जवाब दिया।

दोनों दोस्त एक-साथ हँसे।

"अब जा, तू अपनी ऑटो पकड़, राज़ी-राज़ी नई नौकरी पर जा। आज पहला दिन है, पहली नौकरी के पहले दिन लेट होना ठीक नहीं है।" संजय को चारबाग़ की तरफ़ जाती ऑटो में बैठाकर हाथ मिलाते हुए सलमान ने कहा।

सड़क पर गाड़ियों की भीड़ में ऑटो जल्दी ही ओझल हो गया। सलमान भागकर वापस मुन्ना चाय वाले के कूड़ेदान के पास पहुँचा।

***

"ये ले मिठाई खा मेरे मास्टर, तेरे भाई की नौकरी लग गई है।" कमरे में घुसते ही ख़ुशी से दमकते सलमान ने मिठाई का डिब्बा संजय की नाक के आगे रखा।

"अरे वाह, मुबारक हो मेरे भाई।" संजय ने उठकर सलमान को गले लगा लिया, "कौन से वाले एग्ज़ाम का रिजल्ट आया है, मैं भी देखूँ मेरा क्या रहा।"

"भाई, अम्म..." ख़ुशी से नाचता सलमान ठिठक गया, "भाई, ये वाला एग्ज़ाम सिर्फ़ मैंने दिया था इसलिए इस रिज़ल्ट में तेरा नाम नहीं है।"

"सिर्फ़ तुमने दिया था, क्या बात करते हो यार?" संजय को अपने दोस्त की बात पर हैरानी हुई, "हर फ़ॉर्म हमनें साथ में भरा है, हर एग्ज़ाम, हर इंटरव्यू हमने साथ में ही तो दिया है।"

सलमान गड़बड़ा गया। इससे अच्छा तो ख़बर की तरह ख़ुशी भी छिपा जाता।

"तुम्हें याद है जब टयूशन के पहले दिन हम दोनों ने चाय पकौड़े खाए थे, तब जिस अख़बार के टुकड़े पर मुन्ना ने पकौड़े दिए थे उस पर इस मल्टीनेशनल कंपनी में होने वाले इंटरव्यू के बारे में छपा था। तुम जब ऑटो में बैठकर चले गए थे तब मैंने कूड़ेदान से वापस वो काग़ज़ निकाल लिया था। उसी नौकरी के ज्वॉइनिंग की कॉल आई है।" सलमान ने दोस्त से किया धोखा धीरे से क़बूला।

कमरे में चुप्पी पसर गई। संजय ने मिठाई का डिब्बा किनारे रख दिया।

"तुमने एक बार भी नहीं सोचा बताने के लिए? एक बार भी नहीं? दोस्त होकर धोखा दिया और अब उसकी मिठाई खिलाकर ख़ुशी भी जता रहा है? फ़ॉर्म तू अकेला ही भर लेता लेकिन बता तो देता यार एक बार..." संजय ने आख़िरकार चुप्पी तोड़ी।

"भाई मैं समझ सकता हूँ कि तुझे बुरा लग रहा होगा कि जब सारे काम हम एक साथ कर रहे थे तो इस मौक़े के बारे में मैंने तुझे क्यों नहीं बताया। क्या करूँ भाई, नौकरी का सवाल था। वो कहते हैं न कि दिया दूसरों के घर दिया जलाने से पहले अपने दरवाज़े पर जलाते हैं, बस वही समझ लो।"

"यानी तुझे ज़रा भी अफ़सोस नहीं अपने काम का?"

"भाई अब क्या बोलूँ, वैसे मैं कल रूम ख़ाली कर रहा हूँ। कंपनी ने एम्प्लॉई क्वॉर्टर में रहने का ऑफ़र दिया है। वैसे तू टेंशन मत ले, तुझे भी कोई-न-कोई नौकरी मिल जाएगी दोस्त।" सलमान ने अपने कंधे झटककर जैसे अपराधबोध को दूर फेंक दिया।

"नौकरी तो मिल ही जाएगी, एक दोस्त जैसा कुछ हुआ करता था, पता नहीं वो कभी मिलेगा या नहीं।"

संजय ग़ुस्से में रूम से बाहर चला गया। सलमान ने पीछे छूट गए मिठाई के डिब्बे को देखा।

"हट साला।" सलमान ने मिठाई के डिब्बे से एक टुकड़ा उठाया और मुँह में रख लिया, "दोस्त तो दुनिया में एक खोजो, हज़ार मिलते हैं, नौकरी तो एक ही मिलती है।"

हिजड़ा

रोज़ की वही नियमित सुबह थी।

शहर के लोग अपनी-अपनी मंज़िल पर पहुँचने के लिए ऑटो, टेंपो, रिक्शा, बस वग़ैरह का चौराहे पर इंतज़ार कर रहे थे। एक तरफ़ किसी स्कूल की तीन चार बच्चियाँ जो शायद सातवीं या आठवीं में पढ़ती थीं, अपनी स्कूल बस का इंतज़ार कर रही थी, कुछ दफ़्तर के क्लर्क, कुछ कॉलेज के स्टूडेंट्स किसी बाइक वाले से लिफ़्ट माँगकर भी आगे बढ़ जा रहे था। एक हिजड़ा आने जानी वाली गाड़ियों के मालिकों से पैसे पाने के लिए रोज़ाना की तरह भिखारियों से कम्प्टीशन करने में लगा हुआ था।

अचानक वातावरण में ब्रेक्स की तीखी आवाज़ पैदा हुई।

लोगों ने उत्सुकता से निगाह घुमाई तो देखा एक महँगी बाइक पर पीछे बैठा, शक्ल और पहनावे दोनों से ही लुच्चा-सा दिखने वाला लड़का उन बच्चियों में से एक को फूल और गिफ़्ट पैक हाथ में पकड़ाने की कोशिश कर रहा था और बाइक चलाने वाला मरियल-सा, खुली शर्ट और गंदी टी-शर्ट पहने हुए, अपने पान मसाला से सड़ चुके दाँतों का बेहयाई से प्रदर्शन करके उस बच्ची के अगल-बग़ल खड़ी बच्चियों के बदन का बेशर्मी से जायज़ा लेकर हँस रहा था।

बच्ची सहमकर पीछे हट गई और कातर निगाहों से इधर-उधर देखने लगी।

लेकिन वहाँ तो हर किसी को अपने दफ़्तर, अपने काम पर जाने की जल्दी थी और मौजूदा नज़ारा उनकी सवारी के इंतज़ार के क्षणों को जैसे

मनोरंजन में तब्दील कर उनका इंतज़ार आसान बना दे रहा था।

लड़के ने उतरकर बच्ची का बायाँ हाथ पकड़कर खींचा और उसकी मुट्ठी में फूल और गिफ़्ट थमाने की कोशिश करने लगा।

बच्ची ने मुट्ठी नहीं खोली, फूल और गिफ़्ट दोनों नीचे गिर गए, बाक़ी लड़कियाँ सहमकर इधर-उधर देख रही थीं कि शायद कोई अंकल, कोई भैया उनको इस सिचुएशन से निकाल लेंगे।

लेकिन लोग तो इधर-उधर ताकती, मूक निगाहों से प्रार्थना करती बच्चियों से निगाह मिलते ही नज़र फेरकर कहीं और देखने लगते थे।

लड़के ने अपना मिशन पूरा करने के बाद, वापस बाइक पर बैठकर दूसरे लड़के के कंधे पर थपकी देकर चलने का इशारा किया और बच्ची की तरफ़ देखकर एक फ़्लाइंग किस उछालने की कोशिश की। फ़्लाइंग किस शायद अभी पूरी तरह उसके गलीज मुँह से बाहर भी निकल पाई थी की 'चट्' की एक ज़ोरदार गूँज हुई।

सड़क पर रुकी हुई गाड़ी वालों से पैसे माँगते हिजड़े ने बाइक पर पीछे बैठे लड़के के मुँह पर बहुत खींचकर झापड़ मारा था जिसके नतीजे में लड़के के होंठों के किनारे से ख़ून छलक आया था और उसका सस्ता-सा काला चश्मा नीचे सड़क पर धूल चाट गया था। आगे वाले लड़के ने गाली देते हुए, बाइक स्टैंड पर लगाकर उतरने की कोशिश की तो हिजड़े ने उसे पीछे से कॉलर पकड़कर घसीट लिया और चूड़ियों भरी कलाई उसकी नाक पर पटक दी। रोमियो की साइड किक का थोबड़ा अपने ही ख़ून से लाल हो गया।

दोनों लड़कों को इतने में ही समझ आ गया था कि वो दोनों मिलकर भी शायद हिजड़े से पार नहीं पा सकेंगे। दोनों अपनी बाइक उठाकर, हिजड़े को घूरते हुए देख लेने की धमकी देकर चले गए।

धीरे-धीरे अगले दस मिनट में इस घटना के सारे गवाह अपनी-अपनी मंज़िल की तरफ़ बढ़ गए। चौराहे पर नये लोग आ गए। अगले दिन वो हिजड़ा उस चौराहे पर नहीं दिखा। किसी को फ़िक्र नहीं हुई। कुछ दिन बाद लोगों को उड़ती-उड़ती ख़बर मिली की कुछ लोगों ने उस हिजड़े को उसी शाम, अँधेरे में बहुत मारा था।

अब वो शनि मंदिर की सीढ़ियों पर भीख माँगता था। किसी को फ़िक्र

नहीं हुई।

लेकिन उस चौराहे पर अगले कई महीनों तक किसी लुच्चे से लड़के की हिम्मत नहीं हुई कि किसी बच्ची का हाथ खींचकर उसकी मुट्ठी में अपनी लुच्चई थमाने की कोशिश करे।

सच्चा सैनिक

शरीर के अनगिनत घावों से रक्त का बहना बंद हो गया था, हथियार कबके पीछे ही गिर गए थे, अश्व मर चुका था, रण के साथी छूट चुके थे और पिछले दो प्रहर से पानी की एक बूँद नहीं मिली थी पीने के लिए।

हाथ को हाथ ना सूझे, ऐसी अँधेरी रात में, जंगल में इकलौती कुटिया सामने जलते दिए को देखकर वो ठिठक गया। मन में हठात ही आशंकाएँ उठ खड़ी हुईं कि जाने कौन हो उस कुटिया में, कोई साधु, तांत्रिक, ठगों की टोली या प्रेतलीला।

लेकिन उस कुटिया के सिवाय उस विकट समय में उसे कोई दूसरा सहारा नहीं दिख रहा था। जब जान पर बनी हो तो मनुष्य बस मर जाने के अलावा प्रेत, पिशाच, ठग, डाकिनी, किसी से नहीं डरता।

घायल शरीर की चुकती हुई शक्ति बटोरकर, उसने कुटिया के सामने पहुँचकर सहायता के लिए आवाज़ लगाई।

अप्रत्याशित रूप से कुटिया का द्वार तुरंत खुला। अंदर से एक कोमलांगी युवती आकर खड़ी हो गई।

"कौन हो? क्या चाहते हो?" आयु और अवस्था से विपरीत युवती की आवाज़ में कड़कपन था।

"पथिक हूँ, रास्ता भटक गया हूँ। मदद पाना चाहता हूँ।" पथिक ने गुहार लगाई।

"तुम्हारे वस्त्रों से तो ऐसा नहीं लगता। सत्य कहो अन्यथा सहायता पाने की आशा छोड़ दो।" युवती की निगाहें तीखी थीं।

"सैनिक हूँ, घायल हूँ। जीवित रहना चाहता हूँ।" उत्तर में कराह थी, आवाज़ में आशा थी।

"अंदर आओ।" युवती द्वार से एक तरफ़ हटकर खड़ी हो गई।

पुरुष को हैरानी हुई कि उस युवती के सिवा उस कुटिया में कोई और नहीं दिख रहा था फिर भी एक पुरुष को अंदर बुलाने में उसने कोई संकोच नहीं दर्शाया।

पुरुष घायल था इसलिए, या शायद जिसे इस निर्जन वन में जंगली जानवरों के बीच रहने में डर नहीं लगा उसे एक पुरुष की उपस्थिति भला क्या डराती!

कब वो अंदर आया, कब उसने होश खोए, उसे याद नहीं।

सुबह जब उसकी आँख खुली तो उसके घावों पर मरहम लगा हुआ था। उसके मस्तक पर शीतल जल से भीगी कपड़े की एक पट्टी रखी हुई थी और युवती उस कुटिया में ही एक तरफ़ बने चूल्हे पर शायद कुछ जड़ी-बूटियाँ उबालकर काढ़ा बना रही थी। उसके जागने की आहट पाकर युवती उसकी तरफ़ पलट गई।

"अब कैसा स्वास्थ्य है तुम्हारा?" युवती ने कोमल स्वर में पूछा।

"आप देवी हैं, आपने मेरे प्राण बचाए हैं, मैं आजीवन आपका प्राणपण से ऋणी रहूँगा।" कुटिया के मेहमान ने कृतज्ञता से हाथ जोड़ आभार प्रकट किया।

"यह औषधि पी लो। तुम शीघ्र ही अच्छे हो जाओगे।" युवती ने काढ़े का कटोरा उसकी तरफ़ बढ़ा दिया।

सैनिक ने सरल भाव से काढ़ा पी लिया। शरीर में स्फूर्ति का संचार-सा होता महसूस हुआ।

"आप हैं कौन और इस जंगल में अकेले क्यों रह रही हैं?" चैतन्यता प्रबल होते ही उसके प्रश्न उभर आए।

"मैं तो एक साधारण वनवासिनी हूँ, परंतु तुम कौन हो?" युवती घूमकर चूल्हे पर चढ़ी कढ़ाई में कुछ भूनने लगी।

"मैं... मैं श्रीपुर नरेश, महाराज रंगनाथ का सैनिक हूँ। रत्नागिरी राज्य के साथ हुए युद्ध में हम लगभग विजयी हो चुके थे, रत्नागिरी के सेनापति बलदेव

मेरे ही भाले से काल का ग्रास बने थे। परंतु युद्ध की समाप्ति होने से पूर्व ही दक्षिण दिशा से रत्नागिरी की नई टुकड़ी ने हम पर धावा बोल दिया। मेरे साथी मारे गए, अश्व भी मर गया, मेरे शस्त्र छूट गए... आप ना होतीं तो मेरे प्राण भी छूट जाते। आप ने मुझे नया जीवन दिया है।"

"रत्नागिरी के सेनापति को तुमने मारा!" वनवासिनी युवती ने अचकचाकर पूछा। हाथ से कलछुल छूटकर पात्र में ही गिर गया।

"और क्या... भाले का एक ही प्रहार गले से पार हो गया था और अगले ही क्षण वो अश्व छोड़कर धूल चाट गए।" सैनिक के स्वर में गर्वोक्ति झलकी।

"और अब युद्धभूमि से भागे हो, अर्थात युद्धभूमि के भगोड़े हो!"

युवती की बात उसके स्वाभिमान को तीर जैसी चुभी।

"भगोड़ा नहीं हूँ... सैनिक हूँ। युद्ध में हँसते हुए प्राण दे सकता हूँ। युद्धभूमि से भागा ज़रूर हूँ लेकिन केवल अपने प्राण बचाने के लिए नहीं वरन शक्ति एकत्रित कर पुनः युद्ध करने के लिए। युद्ध के नियम जानता हूँ और विजय की नीतियाँ भी।" सैनिक ने प्रतिरोध दर्ज किया।

"अर्थात स्वस्थ होकर पुनः रत्नागिरी से लड़ोगे?"

"अवश्य... अंतिम साँस तक।" सैनिक के स्वर में दृढ़निश्चय था।

"जब तक मेरी कुटिया में हो तब तक युद्ध की बातों की आवश्यकता नहीं है। अभी अपना पूरा ध्यान केवल स्वास्थ्य लाभ पर लगाओ।"

युवती ने बातें बंद कर दी। कमज़ोरी की वजह से सैनिक फिर से अचेत हो गया।

अगले दो दिन तक यही क्रम चलता रहा। सैनिक होश में आता था और वनवासिनी को औषधियों के साथ अपनी सुश्रुषा के लिए तैयार पाता था। औषधि लेते ही उसे नींद आ जाती थी, पुनः उठने पर वह स्वयं को पहले से अधिक स्वस्थ महसूस करता था।

तीसरे दिन वो अपने-आप को पूर्ण स्वस्थ अनुभव करने लगा। युवती ने वस्तुतः अपनी सेवा और औषधियों से उसे समय से पहले ही चलने फिरने और अन्य काम करने के योग्य बना दिया था।

"मैं अब प्रस्थान करने की आज्ञा चाहता हूँ। यदि मैं आपके लिए कुछ कर सकूँ तो कृपया मुझे बताने की कृपा करें।" स्वस्थ होते ही सैनिक को

राज्य के प्रति उसके कर्तव्य ने अपनी याद दिलाना शुरू कर दिया।

श्री महाराज उसे गरुण टुकड़ी का सबसे साहसी सैनिक कहते थे, कैसे वो इस विकट समय में उनसे, अपनी सेना, अपनी मातृभूमि से दूर रह सकता था।

"तुमने प्राणप्रण से मेरा ऋणी होना स्वीकार किया है। इससे अधिक कोई किसी को क्या दे सकता है! जाओ अपने मार्ग पर, पूर्व दिशा में प्रस्थान करो... एक दिन की अनवरत पैदल यात्रा के पश्चात् तुम श्रीपुर राज्य की आबादी में पहुँच जाओगे।" वनवासिनी ने आते समय नहीं रोका था, जाते समय मंज़िल की दिशा बता दी।

"जो आज्ञा।" वह चलने को उद्धत हुआ।

"तनिक ठहरो।" युवती चलने को तैयार सैनिक को रोककर कुटिया के अंदर गई और कहीं से एक तलवार और कटार ले आई। "वन में तुम्हारे प्राणों पर संकट आएगा... ऐसी स्थिति में तुम्हें अपनी रक्षा के लिए कोई एक अस्त्र अपने पास रखना चाहिए।"

युवती की बात सही थी।

जंगल में क़दम-क़दम पर प्राणों का ख़तरा था। पूरा जंगल कई तरह के जंगली, भयानक पशुओं, सर्पों से भरा पड़ा था। युवती ने वह अस्त्र अवश्य ही अपनी रक्षा के लिए रखे थे, पर रत्नागिरी को जीतने के लिए उसे जंगल से जीवित निकलना भी आवश्यक था।

वह पुरुष था... बाहुबल में नारी से अधिक शक्तिशाली, छोटे अस्त्र से भी अपनी रक्षा करने में भी सक्षम।

सैनिक ने कटार को चुन लिया और कुटिया से निकलकर पूर्व की ओर बढ़ चला। युवती भी वापस अपनी कुटिया में चली गई।

***

सैनिक को पैदल चलते हुए एक प्रहर का समय बीत चला था। सूर्य अब उसके मस्तक से ऊपर निकल रहा था जब नेपथ्य से आए 'ठहरो' के आदेश ने उसके पाँव जड़ कर दिए।

वन के पेड़ों के पीछे से निकलकर भीलनी की वेशभूषा में, चेहरा ढँके हुए, हाथ में तलवार लिए एक स्त्री उसके सामने आकर खड़ी हो गई।

"कौन हो तुम? क्या चाहती हो?" उसने चकित स्वर में पूछा।

"मृत्यु हूँ... तुम्हारी मृत्यु चाहती हूँ!" भीलनी ने लाल आँखों से घूरते हुए कहा।

"तुम्हें कोई भ्रम हुआ है, मैं कोई धनिक नहीं, एक पथिक हूँ। तुम्हें देने के लिए मेरे पास कुछ भी नहीं है।" सैनिक ने सफ़ाई देते हुए आस-पास भीलनी के साथियों की तलाश में निगाह दौड़ाई।

भीलनी अकेली थी।

"तुमने संभवतः ध्यान से नहीं सुना! मैं तुम्हारे प्राण चाहती हूँ!" स्त्री ने गुर्राते हुए स्वर में उत्तर दिया और म्यान से तलवार निकालकर उसकी तरफ़ दौड़ी।

अब वह तीन दिन पहले का घायल, मृतप्राय सैनिक नहीं था। अब वह अपने प्राणों की रक्षा के लिए किसी के भी प्राण हरने में सक्षम था। उसका पूरा जीवन, पूरा युद्ध प्रशिक्षण अपने प्राण बचाने और शत्रु के प्राण लेने को ही समर्पित था। काल का स्त्री या पुरुष रूप में आना उसे विचलित नहीं कर सकता था।

उसने भी वनवासिनी की दी हुई कटार निकाल ली और स्त्री पर टूट पड़ा। घात-प्रतिघात के इस लंबे खेल का अंत उसकी कटार के उस भीलनी के पेट में घुसने से हुआ।

भीलिनी चीख़ती हुई एक तरफ़ जा गिरी। वह इस आक्रमण के प्रत्याशित अंत के बाद अब अचंभित था कि इस बियाबान जंगल में उस पर इस तरह अकारण आक्रमण का उद्देश्य क्या था!

उसने आगे बढ़कर, घुटनों के बल बैठकर भूमि पर गिरी, पीड़ा से छटपटा रही भीलनी के मुख से उसका वस्त्र हटा दिया और हतप्रभ होकर वह पीछे हट गया।

"हे ईश्वर!" सैनिक चकित था, दुखी था।

वह भीलनी, वही वनवासिनी थी जिसने अपनी कटार सैनिक को उसकी प्राणों की रक्षा के लिए दी थी। वही कटार उसके लिए ही काल बन गई थी।

"देवी आप! हे ईश्वर! यह कैसा पाप करवा दिया आपने मुझसे?" उसने वनवासिनी का सर फ़ौरन अपने घुटनों पर रख लिया और घाव को अपनी

चौड़ी हथेली से दबा दिया।

कुछ दिन पहले ही जान बचाने वाली ही आज जान लेने पर तुली थी, कुछ देर पहले जान लेने की कोशिश करने वाला ही अब जान बचाने का प्रयास कर रहा था।

"आपको अगर मेरे प्राण ही लेने थे तो आपने मेरा जीवन क्यों बचाया? आप तो तभी मुझे मार सकती थीं जब मैं आपकी कुटिया में घायल, अचेत पड़ा था... निकलते समय भी यदि आप एक बार कहतीं तो मैं सहर्ष अपने प्राण आपको समर्पित कर देता।" सैनिक हतप्रभ था, ग्लानि से भरा हुआ था।

"तब तुम अतिथि थे, घायल थे, शरण में आए थे।" वनवासिनी ने अटक-अटककर कहना शुरू किया, "शरणागत के प्राण लेना सेनापति बलदेव की पुत्री के क्षत्रिय धर्म के विरुद्ध था। इसलिए... इसलिए मैंने तुम्हारे प्राण बचाए। लेकिन ठीक होने के बाद, तुम मेरी मातृभूमि पर पुन: आक्रमण करने के लिए तैयार थे। अपनी मातृभूमि की रक्षा के लिए मैंने तुम पर आक्रमण किया।"

"सेनापति बलदेव की पुत्री और वनवासिनी! यह कैसे हुआ?" सैनिक को अब समझ में आया कि क्यों साधारण-सी भीलनी दिखने वाली युवती को परास्त करने में उसे इतना श्रम करना पड़ा था।

"मुझे किसी से प्रेम था। मेरे पिता अपने समाज में उसे स्वीकार नहीं कर सकते थे। इसलिए विवाह के पश्चात् हमने नगर त्याग दिया। मेरे पति को काल खा गया तो मैं वनवासिनी हो गई।"

"पिता के हत्यारे की आप सेवा करती रहीं? उसका जीवन बचाया?" सैनिक ने प्रश्न किया।

"मेरे पिता युद्ध में वीरगति को प्राप्त हुए। इस पर गर्व है मुझे। इसके लिए तुमसे कैसा द्वेष?"

वनवासिनी की साँसें अब उखड़ने लगी थीं।

"मैं अपने जीवनदायनी देवी को ही आहत कर बैठा... हे ईश्वर! यह कैसा पाप हुआ मुझसे! मैं... मैं स्वयं को आपकी अंतिम इच्छापूर्ति में बाधा नहीं बनने दूँगा। यह जीवन आपने दिया था, इस जीवन को आपको वापस कर रहा हूँ।"

सैनिक शत्रु देश का था, लेकिन कृतघ्न नहीं था। सैनिक ने अपने हाथ में

थमी कटार वनवासिनी के हाथों में पकड़ा दी। वनवासिनी ने डूबती हुई साँसे बटोरकर कटार पर अपनी मुट्ठी बाँध ली। सैनिक ने वनवासिनी की मुट्ठी पर अपनी मुट्ठी कस दी। रत्नागिरी राज्य की मोहर लगी कटार ने सैनिक के गले से रक्त के बाहर निकलने का रास्ता बना दिया।

वन में सैंकड़ों वर्षों से मौन खड़े वृक्ष यह कभी समझ नहीं पाए कि दोनों में से सच्चा सैनिक कौन था!